LOVEBOAT 1

LOVEBOAT 2

LOVE
LEBENSGESCHICHTEN
BOAT
PIT VOGT
3

LOVEBOAT 3

Idee, Design & Layout: PiT

Alle Stories sind frei erfunden

Impressum

Herstellung und Verlag:
BoD - Books on Demand, Norderstedt
ISBN

LOVEBOAT 4

LOVEBOAT 3

Manchmal bist du ganz allein
Fühlst nur Einsamkeiten
Glaub nur dran, so wird's nicht sein
Und dann bleibst du nicht allein
Glück wird dich begleiten

Die Decke

Marc Lindsay hatte gerade erst seine liebe Frau Shane verloren. Sie starb an Krebs und musste wegen ihrer Schmerzen starke Schmerzmittel einnehmen. Eigentlich hatte sich Marc immer gewünscht, dass sie eines Tages von ihren grausamen Schmerzen, diesem fürchterlichen Leiden erlöst werden würde, als es aber so weit war und sie der Herr zu sich gerufen hatte, schien alles doppelt so schwer. Sie konnte ihm auch nicht viel hinterlassen, denn die Familie besaß nicht viel und Marc wollte auch nichts von ihr. Die Erinnerungen saßen viel zu tief und alles, was an sie noch erinnerte, was von ihr in den schweigenden Zimmern des alten Hauses in „Valery Cove" zu finden war, bewahrte sich Marc und hing mit seinem Herzen daran. So schottete er sich mehr und mehr ab und ging auch nicht mehr unter die Leute. Das einzige, was ihm von Shane noch geblieben war, lag auf seinem Sofa. Es war eine beigefarbene Kissendecke, die so kuschelig und weich war, dass sich Marc beinahe täglich in sie einhüllte. Aber nicht, weil er so sehr fror, sondern weil er Shane auf diese Weise nahe sein wollte, weil er sie noch immer so sehr liebte.

Es war an *Thanksgiving*, Marc hatte sich mal wieder tief in seine Erinnerungen an Shane zurückgezogen, da klopfte es ziemlich energisch an die Tür. Eigentlich öffnete Marc niemand mehr, doch weil der vermeintliche Besuch einfach keine Ruhe gab, immer wieder klopfte und es schon dunkel draußen war, erhob er sich stöhnend und öffnete doch. Draußen standen zwei fremde Männer, die überdies sehr sonderbar aussahen. Marc rieb sich die Müdigkeit aus den Augen und wollte die Besucher wieder wegschicken, aber da standen sie schon im Haus! Und nun begriff Marc, was die beiden wirklich wollten – es waren Einbrecher, die sich an diesem Feiertag eine besonders reichhaltige Beute versprachen, weil die Leute daheim waren und sicherlich Geld und Geschenke dort gelagert haben könnten. Die beiden konnten nicht ahnen, dass es bei Marc völlig anders war. Recht unsanft schubsten sie ihn durch die Zimmer und wollten lautstark wissen, wo er sein Geld und die vermeintlichen Wertgegenstände versteckt hielt. Marc kam kaum zu Wort, wehrte sich mit aller Kraft gegen die hartnäckigen Gauner. Doch es half nichts, die beiden Gangster waren einfach zu stark, überdies glaubten sie ihm kein einziges Wort und schlugen ihn schließlich nieder. Unsanft fiel er auf die ausgebreitete Kissendecke und blieb leblos liegen. Die Gauner glaubten, Marc würde sich nur verstellen, damit sie Angst bekämen und davonliefen. Aber das taten sie nicht und wollten sich ihr Opfer gleich noch einmal vorknöpfen. Aber da geschah etwas Unglaubliches: Plötzlich und ohne Vorankündigung leuchtete es hellrot über der Kissendecke und damit auch über Marc auf. Es sah aus wie ein ovales Dach, welches sich über Marc auf der Decke wölbte. Die Gauner lachten laut und glaubten, es handelte sich um einen Scherz. Doch es war keineswegs ein Scherz, denn der ovale Bogen bestand aus purer Energie! Kaum hatten sich die Gauner über Marc gebeugt, da knisterte es, als wenn sich ein Feuer entzündete. Augenblicklich standen beide in lodernden Flammen und hatten Mühe, ihre Kleidung wieder abzulöschen. Noch hatten sie sich nicht verletzt, aber sie waren wütend und stürzten sich noch einmal auf Marc. Diesmal knisterte es viel lauter und ein grelles Flammenmeer entzündete sich auf dem ovalen Energiedach über Marc, welches die Gangster in hohem Bogen durch das Zimmer schleuderte. Mit Beulen und Schrammen rannten sie aus dem Haus und kamen auch nicht wieder. Marc erhob sich und konnte selbst nicht glauben, was da eben geschehen war. Mit zitternden Händen strich er über die Decke, doch da war nichts. Sie war weich und kühl und es gab weder Hinweise auf ein Feuer noch auf eine erhöhte Energie. Auch war der rote ovale Bogen über ihm verschwunden. Marc verstand nicht, was da vor sich ging und breitete die Decke wieder auf seinem Sofa aus. Müde legte er sich darauf und schlief schnell ein. Der nächtliche Überfall war ohne jegliche Folgen geblieben, doch die Gauner hatten noch längst nicht genug. Sie glaubten wohl noch immer an einen Mechanismus, den Marc installiert hatte und kehrten gegen Mitternacht zu Marcs Haus zurück.

Vielleicht hätten sie das besser sein lassen sollen, denn was sich dann ereignete, konnte auch die später eintreffende Polizei nicht mehr rekonstruieren. Die beiden Gauner hatten sich Waffen besorgt und wollten sich nun an Marc rächen. Er sollte einen Denkzettel bekommen, als Strafe für den missglückten Raubüberfall. Zunächst schnitten sie die Telefonkabel und die Stromleitung durch, welche Marcs Haus mit dem Netz verbanden. Sie wollten absolut sicher sein, dass ihnen nicht noch einmal eine solche Pleite unterlief wie am Abend. Schließlich schlichen sie sich ins Haus, denn weil Marc so müde war, hatte er vergessen, die Tür abzuschließen. Marc lag auf seiner Kissendecke und schlief tief und fest. So bemerkte er auch nicht, dass die beiden Ganoven schon im Haus hierumschlichen und sich überall nach Wertsachen umschauten. Sie fanden nur eine alte Armbanduhr, die sie sich einsteckten und kamen dann ins Marcs Schlafzimmer. Als sie den schlafenden Marc erblickten, richteten sie die Waffen auf ihn und drückten gnadenlos ab!

Doch die Kugeln trafen nicht etwa den armen Marc, nein, sie trafen den roten ovalen Bogen, der sich längst wieder schützend über der Kissendecke, auf welcher Marc schlief, gebildet hatte. Dabei knisterte es wieder so wie am Abend und die Kugeln prallten einfach an diesem Bogen ab. Wie gefährliche Pfeile sausten sie durch den

Raum und trafen letztendlich die Gauner. Die fielen leblos zu Boden und rührten sich nicht mehr. Marc, der natürlich von den lauten Schüssen sofort wach geworden war, zog sein Mobiltelefon unter der Decke hervor und rief die Polizei. Und ehe sich die Gauner noch erholen konnten, wurden sie festgenommen. Sie waren an den Händen getroffen, und zwar an den Händen, in denen sie die Waffen gehalten hatten. Es handelte sich bei dem kriminellen Duett um zwei lange gesuchte Ganoven, die schon ein Menschenleben auf dem Gewissen hatten. Bei Marc hatten sie weniger Glück, denn der hatte seine magische Kissendecke. Als sich alles wieder beruhigt hatte, untersuchte Marc die Decke ganz genau, konnte aber nichts finden, außer einem Brief, der in das weiche Fell eingenäht worden war. Es war ein Brief von Shane, seiner so sehr geliebten Frau, in welchem sie Marc zum Abschied einige Worte aufgeschrieben hatte:

Lieber Marc, ich danke dir
Doch ich kann nicht bleiben
Bist für immer hier bei mir
Ach, mein Marc, ich danke dir
Schön warn unsre Zeiten

Wenn du einmal sehr in Not,
Hol die Kissendecke
Auch, wenn ich schon lange tot,
Darfst du kommen nie in Not
Helfen wird die Decke

Gelbe Rosen

Es war der dritte und letzte Verhandlungstag. Der arbeitslose Gauner Eddi Johns war angeklagt, den Banker James Miller aus Habgier ermordet zu haben. Auf einem Friedhof sollte er den Banker abgefangen haben, als dieser gerade dabei war, seinem Vater einen Strauß seiner geliebten gelben Rosen aufs Grab zu legen. Eddi wollte Geld von ihm. Doch als dieser ihm keines geben konnte, schoss er auf ihn. Der Banker starb noch auf dem Grab seines Vaters. Auch der starb vor wenigen Wochen unter merkwürdigen Umständen. Der Mord wurde von einem angetrunkenen Obdachlosen beobachtet, der sein Nachtlager in unmittelbarer Nähe des Grabes aufgeschlagen hatte. Eddi leugnete jedoch bis zur letzten Minute. Schließlich wurde er freigesprochen. Denn obwohl man dem Obdachlosen glaubte, konnte die Waffe, mit welcher er umgebracht wurde, nirgends gefunden werden. Damit schien der Fall abgeschlossen. Eddi verließ als freier Mann das Gerichtsgebäude. Millers Mutter aber blieb verstört und allein gelassen zurück. Ihre Trauer war unbeschreiblich. Sie konnte den Verlust des einzigen Sohnes einfach nicht verkraften. Ihr ging es von Tag zu Tag immer schlechter. Ein klein wenig Trost fand sie bei ihren geliebten gelben Rosen. Überall im Garten hatte sie diese wunderschönen Blumen angepflanzt. Sehr oft sprach sie mit ihnen. Und gerade jetzt, wo sie in so kurzer Zeit hintereinander den Mann und den Sohn verlor, weinte sie sich bei ihren Rosen aus. Beinahe jeden Tag ging sie auf den Friedhof, um am Familiengrab, in welchem nun auch ihr geliebter Sohn lag, zu trauern. Jedes Mal nahm sie einen Strauß ihrer gelben Rosen mit. Sie konnte nicht mehr allein zu Hause sein. Zu schwer wog der Verlust. An einem Sonntag ging sie wieder einmal völlig verzweifelt zum Grab. Sie hatte zwei große Sträuße gelber Rosen bei sich. Als sie vor dem Grab stand, brach sie weinend zusammen. Dabei fielen ihr die Sträuße aus der Hand. Sie landeten auf der Wiese neben dem Grabstein. Als sie die Blumen wieder aufheben wollte, bemerkte sie etwas Glänzendes, welches sich unter den Blumen im dichten Gras verbarg. Als sie das Gras etwas beiseite drückte, erstarrte sie vor Schreck, im Gras lag ein Revolver! Sie holte den Friedhofsverwalter und der alarmierte die Polizei. Da sich der Fundort in unmittelbarer Nähe des Grabes befand, hatten die Ermittler einen ganz bestimmten Verdacht. Vermutlich war das die Waffe, mit der Eddi den Banker erschossen hatte. Der Revolver wurde auf Fingerabdrücke untersucht. Und wirklich, auf der Waffe fanden die Ermittler seine Fingerspuren. Eddi gestand alles. Doch beim Verhör gab es plötzlich Unklarheiten. Eddi beteuerte, die Waffe in einen Fluss geworfen zu haben. Er beschrieb sogar, an welcher Stelle er den Revolver ins Wasser warf. Die Ermittler untersuchten das gesamte Gelände, welches Eddi beschrieb. Doch einen Revolver fanden sie nicht.

Dafür aber einen wunderschönen Strauß gelber Rosen. Irgendjemand hatte sie in den Papierkorb, der am Flussufer neben einer weißen Holzbank stand, geworfen. Einer der Ermittler nahm den Strauß aus dem Korb. Dabei fiel eine kleine weiße Tüte heraus. Darauf war der Schriftzug „Arsen" zu lesen. Sofort wurde der Rosenstrauß zur Gerichtsmedizin gebracht. Es stellte sich heraus, dass die Tüte ebenfalls Eddi gehört hatte. Denn neben den Fingerspuren, welche auf der Tüte gesichert werden konnten, fanden die Ermittler auch einen kleinen Notizzettel, auf dem der Name und die Adresse von Millers Vater stand. Es war eindeutig Eddis Handschrift! Nun konnte auch der rätselhafte Tod von James Millers Vater aufgeklärt werden. Als die Ermittler Eddi mit dem Rosenstrauß, in welchem sie die Arsentüte fanden konfrontierten, bestritt dieser, jemals einen Rosenstrauß in seinen Händen gehalten zu haben. Er litt seit seiner Kindheit an einer seltenen Rosenallergie.

Der Pullover

Der neunjährige Rick wünschte sich einen bunten Pullover. Einen besonders schönen sah er in einem kleinen Geschäft in der Stadt. Doch seine Mutter hatte nicht das Geld, um ihm diesen Pullover zu kaufen. Und da er noch zu jung war, um sich das Geld selbst zu verdienen, musste er wohl oder übel auf den schönen Pullover verzichten. Eines Tages kam er mal wieder geschafft von der Schule und ging wie immer an dem kleinen Laden vorbei. Sehnsüchtig schaute er in das große Schaufenster und betrachtete sich seinen bunten Pullover. Wie toll würde jetzt er in diesem schmucken Kleidungsstück aussehen. Ach, er würde ihn so gern einmal anziehen. Dicke Tränen liefen ihm über die Wangen. Die Verkäuferin, die das durch die Schaufensterscheibe beobachtet hatte, kam heraus und fragte ihn, warum er so bitterlich weinte. Rick gestand ihr, dass er den bunten Pullover so gern einmal anziehen würde. Da die nette Verkäuferin selbst einen Jungen in seinem Alter hatte, nahm sie Rick kurzerhand mit in den Laden und holte den Pullover aus dem Schaufenster. Rick durfte ihn einmal drüberziehen. Vielleicht passte er ja und seine Mutter würde ihm das Kleidungsstück doch noch schenken. Immerhin hatte er ja in drei Monaten Geburtstag. Als Rick den Pullover angezogen hatte, betrachtete er sich in dem großen Spiegel, der in der Umkleidekabine hing. Tatsächlich, der Pullover passte wie angegossen. Lange stand er vorm Spiegel und bewunderte sich. Auch die Verkäuferin meinte, dass er so richtig gut darin aussehen würde. Das bestärkte Rick noch mehr, mit seiner Mutter zu reden, damit sie sich erweichen ließe. Schweren Herzens zog er das Schmuckstück wieder aus und gab es der Verkäuferin zurück. Traurig trottete er aus dem Laden. Irgendwie schien alles keinen richtigen Sinn mehr zu machen. Und plötzlich wollte er auch gar nicht mehr nach Hause gehen. Er blieb stehen und dachte kurz nach. Die Mutter würde ihm den schönen Pullover ohnehin nicht kaufen, also brauchte er auch nicht mehr heim zu gehen. Er lief durch die Stadt und setzte sich in eine Eisdiele. Seiner Mutter war oft mit ihm dort, weil es da die größten Eisbecher mit dicken Früchten und so richtig viel Sahne obendrauf gab. Rick zählte sein Taschengeld, na ja, viel war ja nicht mehr da, aber für eine Kugel Eis würde es vielleicht noch reichen. Gerade kam eine Bedienung, da fiel ihm seine Geldbörse herunter. Als er sie schon wieder in der Hand hielt, entdeckte er noch etwas anderes unter dem Tisch. Unter einem Heizkörper versteckte sich eine weitere Geldbörse. Offenbar hatte sie bisher noch keiner gesehen. Rick zog sie unter Heizung hervor und legte sie auf den Tisch. Dann fragte er die Bedienung nach dem Preis für eine einzige Kugel Eis. Und welch Glück, er konnte sie sich gerade noch leisten. Die Bedienung ging und Rick schaute in die fremde Geldbörse hinein.

Dort steckten mehrere Geldscheine, ein Personalausweis und eine Kreditkarte. Rick wusste, dass man damit auch bezahlen konnte. Als die Bedienung mit seiner Eiskugel zurückkehrte, bezahlte er schnell und drückte ihr die soeben gefundene Geldbörse in die Hand. Die Bedienung freute sich sehr über Ricks Ehrlichkeit und sagte, dass schon ein älterer Herr danach gefragt hätte. Und als sie noch davon sprach, stand dieser ältere Herr auch schon hinter ihr. Er war sehr glücklich, dass jemand seine vermisste Geldbörse gefunden hatte. Denn er musste ja bezahlen können und brauchte seinen Ausweis. Vor lauter Freude spendierte er Rick einen riesengroßen Eisbecher mit vielen bunten Früchten. Die waren beinahe so bunt wie sein Pullover, den er ja nicht haben konnte. Der alte Mann bemerkte Ricks Traurigkeit und fragte ihn, was ihn bedrückte. Erst wollte Rick nichts von seinem Pullover erzählen. Doch als der Alte nicht lockerließ, berichtete ihm Rick in allen Einzelheiten, wie schön der Pullover doch sei und dass er ihn so gernhätte. Er erzählte dem alten Mann auch, dass er ganz allein mit seiner Mutter lebte, weil Papa schon tot sei. Und er erzählte, dass sie deswegen ganz wenig Geld hätten. Der Alte schaute Rick nachdenklich an. Er fragte Rick nach dem Preis des bunten Pullovers. Doch Rick schwieg, er konnte ja das Geld eh nicht aufbringen. Wozu also noch über den Preis sprechen. Es hätte ja sowieso keinen Sinn. Schließlich fragte der Alte, wo Rick wohnte.

Und dann gingen die beiden zusammen zu Ricks Haus, welches nicht weit entfernt war. Die Mutter wartete schon auf ihn und fragte, wo er geblieben sei. Der alte Mann wartete Ricks Antwort gar nicht erst ab und sagte: „Rick hatte heute eine gute Tat vollbracht. Er hat meine Geldbörse gefunden. Dafür soll er einen Finderlohn bekommen, denn darin befanden mein Personalausweis und etwas Geld." Dann zog er einen Geldschein heraus und gab ihn Rick. Unbemerkt fiel jedoch auch eine kleine Visitenkarte aus der Geldbörse und segelte geradewegs hinter den Fußabstreicher vor der Tür. „Kaufe Dir Deinen bunten Pullover. Er ist der Lohn für Deine Ehrlichkeit." Eigentlich war der Mutter nicht recht, dass Rick Geld von dem alten Mann erhielt. Aber sie wusste, wie gern Rick den bunten Pullover haben wollte und der hatte ihn sich ja auch wirklich verdient. Der Alte verabschiedete sich und ging. Rick konnte es gar nicht erwarten, endlich mit seiner Mutter ins Geschäft zu gehen. Das erste Mal konnte er sich selbst etwas kaufen. Und dann auch noch etwas, das er sich so sehnlich gewünscht hatte. Voller Stolz zog er den Pullover an und wollte ihn auch gar nicht wieder ausziehen. Zu sehr gefiel er ihm und er wollte ja allen zeigen, was er jetzt besaß. Beim Bezahlen bekam er eine Menge Geld zurück. Und das bereitete ihm ein schlechtes Gewissen. Er wollte es dem alten Mann zurückgeben. Nur wusste er leider nicht, wo er wohnte. Die Mutter tröstete ihn und meinte, dass er das übrige Geld ja in sein Sparschwein werfen könnte. Rick war zwar einverstanden, doch so richtig wohl schien ihm nicht dabei zu sein. Dennoch überwiegte schließlich die große Freude über seinen neuen Pullover. Mit stolz geschwellter Brust lief er neben seiner Mutter her und schaute alle Leute an, die ihnen entgegenkamen. Die schienen sich mit ihm zu freuen und winkten ihm sogar zu, als er sie grüßte. Als die beiden zu Hause ankamen, fiel der Mutter die kleine Visitenkarte auf, die in dem kleinen Spalt hinter dem Fußabstreicher lag. Sie hob das etwas zerknitterte und zerschlissene Kärtchen auf und las: „Balthasar Krause, Klavierlehrer". Neben der Adresse des Mannes war auch ein kleines Foto darauf. Es zeigte den alten Mann vor einem Klavier. Natürlich gab sie Rick sofort die Karte. Der war überglücklich, denn nun konnte er dem Mann das übrig gebliebene Geld zurückbringen. Außerdem wollte er ihm seinen neuen Pullover zeigen. Als die zwei vor dem alten verfallenen Haus standen, wunderten sie sich sehr. Denn das Haus war nur noch eine unbewohnte Ruine. Auch ein Klingelschild fanden sie nicht mehr. Die Mutter fragte eine alte Dame, die gerade vorbeilief, ob sie den vermeintlichen Klavierlehrer Krause kenne. Doch die winkte nur ab und sagte dann traurig: „Ja, ich kannte Herrn Krause sehr gut. Als ich noch ein Kind war, hat mir das Klavierspiel beigebracht. Leider ist bereits vor drei Jahren gestorben."

Der Eimer

Unter unserem alten Waschbecken im Keller stand immer ein gelber Wassereimer. Er war noch ein altes Erbstück meiner Großmutter. Früher diente er dazu, die Wäsche in den Garten zu tragen. Doch über die Jahre nutzten wir ihn, um das Wasser, welches aus den maroden Dichtungen des Waschbeckenablaufes tropfte, aufzufangen. Er war eine Art Notbehelf für alle Zwecke. Dennoch konnte ich mir das Waschbecken ohne diesen Eimer einfach nicht vorstellen. Es wurde Frühling und das Osterfest war nicht mehr weit. Überall erblühten die Osterglocken und die Sonne schien schon recht warm. Mit unserem gelben Eimer transportierte ich den Osterschmuck in den Garten. Ich wollte bunte Ostereier an die gerade erst erblühenden Sträucher hängen. Da gab es plötzlich einen ohrenbetäubenden Knall. Ich erschrak mich fürchterlich und schaute zur Straße vor unserem Haus. Dort war ein Fahrzeug gegen einen Baum gerast und in Flammen aufgegangen. Es brannte lichterloh und dicker schwarzer Qualm stieg in den blauen Himmel. Sofort rannte ich hinaus. Das Fahrzeug war sehr stark beschädigt und eine Seite in dem Fahrzeug befanden sich offenbar zwei Personen. Sie schienen eingeklemmt zu sein, denn sie hantierten panisch im Fahrzeug herum. Vermutlich versuchten sie, die Türen zu öffnen. Doch der immer stärker werdende Rauch nahm ihnen die Sicht. Ich versuchte, die weniger beschädigte Tür von außen zu öffnen. Doch es gelang mir nicht. Zu heiß waren die metallenen Griffe und ich konnte sie einfach nicht angreifen. Blitzschnell rannte ich zum Haus, schüttete den Osterschmuck aus dem Eimer und lief in den Keller. Dort füllte ich Wasser in den Eimer, schnappte mir einen herumliegenden Lappen und rannte zum Fahrzeug zurück. Ich schüttete das Wasser an die glühend heiße Tür. Als ich den Eimer abstellen wollte, bemerkte ich, dass sich noch etwas anderes im Eimer befand, ein kleiner Feuerlöscher! Ich nahm ihn, setzte ihn in Gang und erstickte die Flammen, die bereits bedrohlich aus dem Motorraum züngelten. Erst jetzt bemerkte ich mit Entsetzen, dass aus dem abgerissenen Tankstutzen Benzin heraustropfte. Beinahe hätten die Flammen die entstandene Benzinlache entzündet, hätte ich den Feuerlöscher nicht plötzlich im Eimer gefunden. Allerdings erwischte ich nicht alle Flammen. Und im Fahrzeug stand dichter Rauch. Ich musste schnellstens das Fahrzeug öffnen, um die beiden Personen heraus zu holen! Mit dem Tuch versuchte ich, die noch immer sehr heiße Türklinke anzugreifen. Nach einigem Ziehen daran ließ sie sich endlich öffnen. Die beiden Personen, eine Frau und ein Kind, husteten und fuchtelten ängstlich in der Luft herum. Ich ergriff ihre Arme und zerrte sie nacheinander hinaus. Kaum lagen sie im Straßengraben, gab es erneut einen lauten Knall und das gesamte Fahrzeug brannte lichterloh. Ich versuchte, mit den beiden zu sprechen, wollte wissen, wie es ihnen ging. Und nachdem sie sich wieder etwas beruhigt hatten, gaben sie auch Antwort. Mit meinem Handy rief ich einen Notarztwagen. Nach wenigen Minuten und mit lautem Sirenengeheul kam er endlich und versorgte die beiden Verunglückten. Sie konnten gerettet werden. Das Fahrzeug jedoch brannte vollkommen aus. Die Rettungssanitäter bedankten sich bei mir für mein schnelles Handeln. Denn hätte ich nicht sofort geholfen, dann hätte man die beiden wohl nicht mehr retten können. Auch die Feuerwehr kam schnell und hatte den Brand bald unter Kontrolle. Am Osterwochenende besuchte ich die junge Frau und ihren kleinen Sohn im Krankenhaus. Ihnen ging es glücklicherweise wieder recht gut und die Frau sagte zu mir, dass die Versicherung den Schaden zahlt. Sie wollten mir noch etwas schenken, doch mir reichte es schon, die beiden wohlauf zu sehen. Als ich am Nachmittag wieder nach Hause zurückkehrte, ging ich in den Keller, um nach dem Wassereimer zu sehen. Ich wusste nicht mehr, wo ich ihn am Unfalltag abgestellt hatte. Ich fand ihn, er stand wie immer unterm Waschbecken. Doch was war das, ich traute meinen Augen nicht. Der gelbe Eimer war bis zum Rand mit Schokolade und Pralinen gefüllt. Und durch das geöffnete Kellerfenster sprang ein niedlicher kleiner Osterhase.

Der Stein

Als Nick nach Hause kam, leuchtete der rote Knopf des Anrufbeantworters. Er blinkte so seltsam. Beinahe so, als sei irgendetwas passiert. Doch wer sollte ihn angerufen haben? Seine geschiedene Frau Eva? Ein Arbeitskollege? Ein wenig verhalten berührte er den Knopf. Sollte er ihn nach diesem schweren Arbeitstag noch drücken? Er tat es und die Stimme seiner Mutter meldete sich. Mit weinerlicher Stimme sagte sie, dass es Vater nicht gut ginge. Dann wurde es eine kleine Weile ganz ruhig. Schließlich meinte sie noch: „Komm einfach her", dann knackte es wieder und der Anrufbeantworter schaltete sich ab. Nick legte den Hörer auf und schaute zum Fenster. Nun war es also so weit, sein Stiefvater, der ihn nie gemocht hatte, lag allem Anschein nach im Sterben. Nachdenklich schaute Nick aus dem Fenster. Draußen auf dem kleinen Spielplatz tollten Kinder ausgelassen herum. Damals tollte er auch so herum. Es war die Zeit, als Mutter den neuen Mann kennen lernte. Einen Mann, der ihn nicht mochte. Doch mochte er *ihn* überhaupt? Hatte er ihn je als Vater akzeptiert? Fest stand nur, dass dieser Mann in einem sehr ungünstigen Zeitpunkt in sein Leben trat. Noch nicht erwachsen, Schwierigkeiten in der Schule, Probleme mit so manchen Dingen. Und plötzlich kein Zuhause mehr, wo er sich sicher und geborgen fühlen konnte. Würde ihm dieser neue Mann seinen

Platz streitig machen? Später gab es die heftigsten Auseinandersetzungen. Jahre voller Streit und Hass. Und dazwischen stand Mutter, eine Amazone zwischen zwei wütenden Stieren. Nick musste lächeln. Sie hatten es wohl beide verbockt. Sie waren beide launisch und stur. Und keiner wollte auch nur einen Schritt zurücktreten. Alle Signale standen stets auf Sturm, auf Rot! Dass Mutter damals nicht davongerannt ist, sie war wirklich eine starke Frau. Er hatte auch Kinder. Und eine Frau. Keine sehr kluge Frau, eine kranke Frau. Sie starb und seine Kinder rannten ihm hinterher. Obwohl sie die typischen Scheidungskinder waren: schlecht erzogen, abgerutscht und voller Hass auf die neue Frau und den vermeintlichen Sohn, was für eine Farce! Nein, er dieser Mann war selbst schuld an all dem Dilemma in seinem Leben. Und dann kamen wir! Wir kamen einfach nicht miteinander aus. So manches Mal wünschte ich diesen Spinner ins ferne Pfefferland. Und jetzt? Jetzt wollte er sich tatsächlich aus dem Staube machen. Nick zog sich seine Jacke über und fuhr zu seiner Mutter aufs Land. Vater lag im Schlafzimmer und sein Gesicht war einfallen und fahl. Nick erschrak sich an seinem Anblick. Schweigend schaute er ihn an. Und Tränen liefen ihm übers Gesicht. Hätte man es nicht besser machen müssen? In der Gegenwart des Todes wird so vieles klein und unbedeutend. Auch der Hass. War es vielleicht doch Liebe? Die Mutter kam und hielt Nicks Hand ganz fest. Dann meinte sie, dass es schnell gegangen sei. Er sei einfach umgefallen und lag auf dem Fußboden. Nick meinte, dass er doch noch lebe, so schnell gibt man keinen auf. Und plötzlich sprach der Vater mit leiser Stimme: „Ich habe Dich nie gehasst. Du warst doch auch mein Junge. Ich habe es Dir nicht zeigen können, entschuldige. Dort oben in der Kiste, da liegt etwas für Dich." Weiter kam er nicht mehr. Sein Kopf rollte ein wenig zur Seite und seine Augen starrten zur Wand. Dann verloren sie endgültig ihr Leben. Die Mutter sank aufs Bett und streichelte noch sein Gesicht. Sie traute sich nicht, seine Augen zu schließen. Nick schaute den Vater noch sehr lange an. Und dann sprach er: „Ich habe Dir längst verziehen." Doch was hatte der sterbende Vater da gesagt? In welcher Kiste sollte da etwas für ihn liegen? Dort oben, wo er hinschaute, war nur eine leere Ziegelwand. Und obwohl er in diesen traurigen Augenblicken alles andere als neugierig war, tastete er die Ziegel ab. Unter der Decke schließlich klang es hohl. Das war kein Ziegel. Das war ein hohler Stein! Er versuchte, den Stein zu bewegen, doch es ging nicht. Er saß fest und unbeweglich in der Mauer. Unmöglich wollte er weiter an der Mauer werkeln. Sein Vater war gestorben und bald würde der Arzt hier sein. Am Abend hatte er jedoch einen Hammer und ein Stemmeisen aus dem Keller geholt. Damit gelang es ihm endlich, den Stein aus der Mauer zu schlagen. Als er herunterfiel, sprang er auseinander. In seinem Inneren lagen einige zusammengefaltete Dokumente.

Vorsichtig entnahm Nick die Schriftstücke und setzte sich an den kleinen Tisch. Es handelte sich um Urkunden, die eindeutig belegten, dass Nick der leibliche Sohn des Mannes war, der bislang als sein Stiefvater galt. Es war unfassbar, soeben war sein Stiefvater gestorben, doch er hatte seinen eigenen Vater zurückerhalten. Was für eine Schicksalswendung. Tränen kullerten ihm übers Gesicht. Hätte das dieser Mann nicht schon viel früher sagen können? Warum hatte seine Mutter über all die vielen Jahre geschwiegen? Er brauchte frische Luft und ging aus dem Haus. Draußen im Garten war es angenehm frisch. Er setzte sich in einen Gartenstuhl und schaute in die Dämmerung. Langsam wurde es dunkel und er schlief ein. Gegen Mitternacht wurde er von einem sägenden Geräusch geweckt.

Irgendjemand schnarchte ohrenbetäubend laut. Hatte Vater nicht immer…? Er stand auf und ging ins Haus. Das Schnarchen kam aus dem Schlafzimmer. Vorsichtig öffnete er die Tür und erstarrte! Im Bett lagen seine Mutter und sein Vater und schliefen. Wie konnte das nur sein? Vater war doch tot? Oder? Ihm wurde schwindlig. Irritiert starrte er ins Zimmer und hielt sich an der Tür fest. Was ging hier nur vor? Sein Vater lebte! Sollte er di beiden wecken? Was, wenn er sich das Ganze nur einbildete? Leise schlich er sich aus dem Haus und fuhr in seine Wohnung zurück. Dort hörte er den Anrufbeantworter ab. Aber es war seltsam, die Nachricht seiner Mutter, in welcher sie ihn bat zu ihm zu kommen, war nicht mehr drauf. Hatte er das alles nur geträumt? Aber die Unterlagen? Die Formulare – erschrocken stellte er fest, dass er sie im Haus seiner Eltern liegen gelassen hatte. Vielleicht sollte er sich erst einmal ins Bett legen und richtig ausschlafen. Am nächsten Tag rief Mutter schon sehr früh an. Sie wollte ihn zum Mittagessen einladen. Nick fuhr hin und half ihr ein bisschen bei der Hausarbeit. Als die Mutter im Schlafzimmer die Betten machte, fragte er nach dem Vater. Die Mutter lachte und meinte, dass er manchmal schimpfte wie ein Rohrspatz. Also ging es ihm gut. Nick freute sich natürlich über diese gute Nachricht. Doch dann teilte er ihr mit, dass er wüsste, dass er sein leiblicher Vater sei. Plötzlich wurde die Mutter ganz schweigsam und ernst. Sie schaute Nick von der Seite an und nickte. „Ja, Du hast recht. Er ist Dein richtiger Vater. Ich wollte es Dir schon gestern erzählen. Aber woher weißt Du das eigentlich?" Nick schwieg und nahm die Hand seiner Mutter. Dann schaute er an die Wand und zeigte mit dem Finger auf die Ziegel. „Von den Steinen hier", sagte er leise. Die Mutter warf Nick einen verständnislosen Blick zu und wusste nicht, was er meinte. Und Nick erklärte es ihr auch nicht. Er lächelte nur und im gleichen Augenblick schien es ihm, als ob ganz oben in der Ziegelmauer ein kleiner Stein hell aufleuchtete.

Flug ins Jenseits

Nach dem Tode ihres geliebten Ehemannes, wollte Brenda Short alles stehen und liegen lassen und fortgehen. Sie dachte darüber nach, fort zu gehen von diesem furchtbaren Ort. Zu tief war die Wunde, die der plötzliche Tod ihres Mannes in ihr gerissen hatte. Er saß damals im Rollstuhl und hatte keine Freunde, nur sie. Und seine Depressionen wurden eines Tages derart heftig, dass er keinen Sinn mehr in seinem Leben sah. Bei einer Überfahrt von den Bermudainseln nach New York stürzte er sich von der Fähre und keiner konnte ihn mehr retten. Brenda erbte zwar seine Millionen und das wunderschöne riesige Haus in der Lincoln Street. Doch das Leben erschien ihr nicht mehr lebenswert. Noch einmal wollte sie nach Paris fliegen, um bei ihrer alten und einzigen Freundin Ronda ein paar ruhige Tage zu verbringen. Ronda besaß eine kleine Pension und war schon sehr alt. Sie freute sich über Brendas Besuch und reservierte ihr ein schönes Zimmer. Als der Tag der Abreise kam, hatte Brenda so ein merkwürdiges flaues Gefühl. Es war das Gefühl, welches man hat, wenn man endgültig Abschied von etwas nimmt. Sie wusste genau, dass sie New York und ihr schönes Haus nie wiedersehen würde. Und sie ließ die Reisetaschen ins Taxi bringen und ging noch einmal nachdenklich durch alle Räume. Als sie zum letzten Zimmer auf dem langen Gang im Obergeschoss kam, vernahm sie ein merkwürdiges leises Stöhnen. Ein wenig irritiert schaute sie nach, doch sie konnte zunächst nichts sehen. Als sie wieder gehen wollte, sprach plötzlich jemand zu ihr: „Hallo Brenda." Brenda bekam einen tüchtigen Schreck und sah vor der Terrassentür eine Gestalt. Regungslos stand sie zwischen den wehenden Gardinen der offenen Tür. Brenda konnte nicht sehen, wer es war, weil sie das hereinfallende Licht blendete. Doch die Stimme kam ihr irgendwie bekannt vor. Doch sie wusste beim besten Willen nicht, wer es sein konnte. Und wie war diese Person überhaupt hier hereingekommen? Zwar stand die Tür ein wenig offen, doch das Zimmer befand sich im ersten Stock. Und dieses Stockwerk lag in diesem Hause recht hoch. Die unbekannte Person sprach: „Sei nicht traurig, Du wirst ihn wiedersehen. Er ist nicht fern von Dir. Alles wird wunderbar werden." Brenda konnte sich nicht erklären, was das alles zu bedeuten hatte. Möglicherweise spielten ihr ihre Nerven einen Streich. Zu viel hatte sie in den letzten Monaten mitmachen müssen. Zu schlimm waren die Verluste und zu traurig war der Abschied. Als sie auf die Person zuschritt, löste sie sich in Luft auf. An der Stelle, wo sie gestanden hatte, lag ein Buch. Brenda ging zur Tür und nahm das Buch an sich. Es war eine Bibel in einem schwarzen Ledereinband und sie strahlte so eine seltsame, aber angenehme Wärme aus. Plötzlich stieß eine starke Windböe die Flügel der Terrassentür weit auf. Brenda zuckte zusammen, fasste sich aber schnell wieder. Sie schloss die Tür und lief hinaus zum Taxi. Lange schaute sie zurück zu ihrem großen Anwesen und Tränen liefen ihr übers Gesicht. Sie dachte an die vielen Erlebnisse, die sie hier mit ihrem Mann John hatte. Nie konnte sie sich vorstellen, ihn zu verlieren. Und niemals wollte sie fortgehen von dieser schicksalsträchtigen Gegend. Doch das Leben ging manchmal seltsame Wege. Und so würde sie in wenigen Stunden in der Maschine nach Paris sitzen und ihr bisheriges Leben würde nur noch Vergangenheit sein. Bei diesem Gedanken hielt sie ihre Hand auf die Bibel in ihrer Handtasche. Wieder spürte sie die gleichmäßige Wärme, die von diesem Buch ausging. In der Abfertigungshalle des Flughafens kam sie endlich wieder auf andere Gedanken. Das Treiben und die Geschäftigkeit von tausenden fremder Menschen brachten ihr ein wenig Kraft und Optimismus zurück. Dennoch war es ein Gefühl von Abschied, welches in der Luft lag. Es erfasste ihr Herz und ihre Seele und die Welt erschien ihr so anders als sonst. Sie spürte, dass irgendetwas mit ihr geschehen war. Die Maschine hob pünktlich um 10 Uhr ab. Die anfängliche Angst, die sie jedes Mal bei Flugantritt beschlich, wich einer gewissen Erwartung auf das Kommende. Würde sich Ronda freuen, wenn sie bei ihr erschien? Wie würde sie aussehen? Ging es ihr gut? Brenda schaute aus dem kleinen Fenster neben ihrem Sitz. Dabei trank sie einen Bourbon, den sie sich von der Flugbegleiterin bringen ließ.

Und die weißen Wölkchen unter der Maschine erweckten in ihr das Gefühl von Freiheit und Unabhängigkeit. So etwas hatte sie seit Jahren nicht mehr gefühlt. All die Jahre in New York, der Aufbau des Verlages, was für wilde Zeiten das doch waren. Irgendwie verflogen die Jahre dabei wie die Wolken im Wind. Und ihr Leben? Nach Johns schwerem Unfall musste sie sich schließlich selbst um alles kümmern. Kinder hatten sie keine und manchmal kroch Einsamkeit in ihr hoch. Obwohl sie an Johns Seite ein recht erfülltes Leben führen konnte, wurde dieses Gefühl immer stärker. Vielleicht lag das ja daran, dass sie ihn nicht mehr so erlebte, wie er einmal war: seine Depressionen, seine Todesahnungen, der Rollstuhl. Brenda atmete tief ein und hielt die Luft kurz an. Sollte dieses Leben nicht anders verlaufen? Warum müssen wir Dinge so erleben und nicht anders? Sie trank den Whisky aus und wollte ein wenig schlafen. Da rüttelte es plötzlich und heftige Stöße erschütterten die Maschine. Einige Fluggäste schrien laut auf. Mehrmals wurde die Maschine hin und her geschleudert. Doch schnell beruhigte sich alles wieder, und da keine Meldung über die Lautsprecher verkündet wurde, glaubte auch Brenda, es sei alles wieder in Ordnung. Erneut schaute sie aus dem Fenster. Doch was war das, die Wolkendecke hatte eine seltsam grauschwarze Färbung angenommen. War das Wetter schlechter geworden? Die Wolkendecke waberte wie eine zähe Suppe auf und nieder. Irgendetwas schien nicht zu stimmen, oder träumte sie das nur? Auch konnte sie keine Sonne mehr entdecken, es war düster und der Himmel war aschgrau und sah merkwürdig und angsteinflößend aus. Brenda erhob sich aus ihrem Sitz und lief durch die Maschine. Sie wollte nach vorn zum Piloten, um ihn zu dieser seltsamen Erscheinung zu befragen. Unterwegs fiel ihr auf, dass kein einziger Fluggast in seinem Sitz saß. Die Tür des Cockpits stand weit offen. Kein Pilot, keine Flugbegleiter, niemand schien mehr in der Maschine zu sein. Die Maschine war menschenleer! Brenda lief ein eiskalter Schauer über den Rücken – was ging hier nur vor? War sie am Ende verrückt geworden? Sie zwickte sich recht unsanft in den Arm, doch es tat weh! Also war es kein Traum! Auch das gleichmäßige Singen der Triebwerke hörte sich nicht so an, als ob etwas nicht funktionierte. Die Maschine schwebte menschenleer in einem samtig grauen Raum ohne, ja, die Uhren standen! Der Sekundenzeiger ihrer Armbanduhr stand still, sie befand sich wohl in einem Raum ohne Zeit! Unter der Maschine teilte sich plötzlich die graue, wabernde Wolkendecke und gab den Blick auf das Meer frei. Doch auch das lag scheinbar ohne Wellengang wie ein riesiger lebloser See unter dem Flugzeug. Einen Horizont schien es nicht zu geben, überall war es düster und grau. Brenda musste sich erst einmal setzen. Sie nahm auf dem Pilotensitz Platz und wusste nicht, was das alles bedeutete. Wo waren nur all die vielen Menschen? Warum war nicht einmal mehr die Besatzung in der Maschine? So etwas konnte es doch gar nicht geben, denn sie waren doch in New York gestartet. Irgendjemand musste die Maschine doch auf ihren Kurs gebracht haben? War es vielleicht ein Flug ins Nirgendwo? Plötzlich entdeckte sie im Gang eine Person, die in einem Rollstuhl saß. Brenda erhob sich von ihrem Sitz und schritt langsam auf die Person zu. Als sie vor ihr stand, erschrak sie sich beinahe zu Tode, die Person war John, ihr Mann! „Oh mein Gott, John, wie kommst Du hierher", rief sie weinend. John lächelte und nahm sie in seine Arme. Sie konnte nicht fassen, ihren geliebten John in dieser Maschine wiederzusehen. Sie fragte ihn, wie er hierhergekommen sei. Doch er streichelte ihr sanft über die Wangen und meinte mit ruhiger Stimme: „Du brauchst keine Angst zu haben Liebling. Es ist gar nicht so unfassbar, wie Du denkst. Es ist etwas Wunderbares. Der Tod ist nicht das Ende. Im Gegenteil, er ist der Anfang eines neuen Seins. Wir werden nun immer zusammen sein. Schau, dort ist Emma, Deine Schwester, die schon sehr früh verstorben ist." Die vollkommen überforderte Brenda starrte in den Gang. Weiter hinten saß tatsächlich Emma. Als sie 35 war, starb sie an Krebs. Und jetzt, sie war noch genau so jung wie damals. Die Zeit schien stehengeblieben zu sein. Überall in der Maschine saßen plötzlich Menschen, die sie kannte und die doch schon vor Jahren gestorben waren. Und John sprach leise zu ihr: „Wir sehen immer die Menschen, die wir geliebt haben. Ich sehe wieder andere Personen. Aber Dich habe ich ganz nah bei mir. Und das wird ewig so bleiben." Brenda spürte, wie sie immer leichter wurde. Sie spürte, wie alle Ängste und alle Unklarheiten von ihr wichen. In diesem märchenhaften zeitlosen Augenblick fühlte sie sich immer besser, immer sicherer. Sie hielt die Hand auf ihr Herz, doch was war das, es schlug gar nicht mehr. Zunächst glaubte sie, den Schock ihres Lebens zu bekommen, doch sie fühlte sich gut. Sie konnte also nicht tot sein, oder? Ihre Schwester und auch die anderen Menschen, die sie kannte, winkten ihr zu, sprachen jedoch kein Wort. Sie saßen in ihren Sitzen und sahen ebenfalls merkwürdig grau und fahl aus wie das Meer und wie die dahinwabernden Wolken, die scheinbar leblos zum Horizont drifteten. John drückte Brendas Hand ganz fest an sich und meinte nur noch: „Jetzt lass uns heim gehen. Glaub mir, es ist wunderschön." Gleichzeitig verschwanden alle Personen aus dem ruhig dahingleitenden Flugzeug im Nirgendwo und die Bibel in Brendas Hand erstrahlte dabei so hell, wie ein Lichtstrahl. Die Fluglotsen im Tower versuchten vergeblich, Funkkontakt mit der vermissten Maschine aufzunehmen. Das Flugzeug war plötzlich vom Radarschirm verschwunden. War sie ins Meer gestürzt? Welches Schicksal ereilte all die Passagiere dieses Fluges? Suchtrupps fanden jedoch keinerlei Hinweise auf einen Absturz. Auch die Blackbox konnte nie gefunden werden. Die Maschine und sämtliche darin befindliche Passagiere galten seither als verschollen. Und in Brendas verlassener Villa fand man eine leblose Person am Fenster ihrer Terrasse. Es war Ronda, Brendas Freundin aus Paris. In ihren Händen hielt sie ein kleines Kruzifix. Und eine Bibel in einem schwarzen Ledereinband trieb in den Fluten des Meeres, nahe des Bermudadreiecks.

Steppenbrand

Es war in der Nähe von Jenkins Cove, als ich sie das erste Mal sah. Eine weiß bekleidete junge Frau mit einem Kind im Arm. Ich konnte mir nicht erklären, warum sie so allein in dieser gottverlassenen Gegend unterwegs war. Als ich sie ansprach, reagierte sie nicht und lief einfach davon. Da ich noch einen dringenden Termin in der Stadt wahrnehmen musste, fuhr ich weiter. Allerdings ging sie mir nicht mehr aus dem Sinn- während der ganzen Fahrt musste ich an sie denken. Irgendwie wirkte sie so unendlich traurig auf mich. War sie vielleicht auf der Flucht? Am Nachmittag fuhr ich doch noch einmal hinaus. Ein Gewitter grollte in der Nähe und wenn diese rätselhafte Frau noch immer draußen unterwegs war, könnte es vielleicht gefährlich werden. Bei Jenkins Cove hielt ich den Wagen an. Die verlassene, abgebrannte Ranch schien der ideale Unterschlupf zu sein. Ich schaute mich in der Ruine um. Doch die Frau mit dem Kind fand ich nicht. Aber wohin konnte sie sonst gegangen sein? Hier gab es doch nichts! Soweit ich sehen konnte, nirgends konnte ich sie entdecken. Das Gewitter kam rasch näher und heftige Blitze zuckten vom Himmel. Schnell setzte ich mich in meinen Wagen und wollte losfahren. Doch der alte Dodge ließ sich einfach nicht mehr starten. Das konnte doch nicht sein! Immer wieder versuchte ich mein Glück, doch es war vergebens. Der Wagen streikte und das Gewitter wurde immer heftiger. Allerdings regnete es nicht und das gab mir zu Denken. Plötzlich schlugen mehrere Blitze in die Wiese am Straßenrand. Sofort ging das trockene Gras in Flammen auf! Ich wurde unruhig, denn ich wusste, dass sich das Feuer bei dieser Trockenheit rasend schnell ausbreiten würde. Wieder und wieder versuchte ich den Wagen zu starten. Vergeblich! Er rückte und rührte sich nicht mehr. Mir blieb nur noch, zu beten, dass sich das Gewitter schnell verzog. Doch es wurde immer heftiger! Gleichzeitig brachen noch weitere Feuer aus. Ich konnte nicht mehr länger im Fahrzeug bleiben, Ich stieg aus und suchte im dichten Qualm nach dem Weg. Doch die Rauchentwicklung war derart stark, dass ich nichts mehr sehen konnte. Gleichzeitig bekam ich einen Hustenanfall nach dem anderen. Sollte ich zurück ins Fahrzeug steigen? Aber wo befand sich das? Offenbar hatte ich bereits die Orientierung verloren. Ich konnte nur noch ahnen, wo es stand. Der stechende Qualm biss unerträglich in meinen Augen. Blind irrte ich durch den dichten Rauch und fand mich nicht mehr zurecht. Plötzlich, wie aus dem Nichts stand die junge Frau mit dem Kind vor mir und lächelte mich an. Woher war sie nur gekommen? In dieser Nebelsuppe konnte doch keiner etwas erkennen. Doch die junge Frau stand vor mir und sprach kein Wort. Sie ergriff meine Hand und zog mich hinter sich her. Und es war ganz komisch, wie durch eine enge Gasse gelangten wir unbeschadet durch das meterhohe, lodernde Flammenmeer. Irgendwann hatten wir dieses vernichtende Feuer hinter uns gelassen. Ich konnte es nicht glauben, aber diese seltsame junge Frau hatte mir das Leben gerettet. Ohne sie wäre ich in dieser glühend heißen Hölle umgekommen. Schweigend standen wir in der Steppe und beobachteten das Feuer aus sicherer Entfernung. Woher nur war diese rätselhafte Frau gekommen? Zwar hatte sich der beißende Rauch in meinen Stimmbändern festgesetzt. Dennoch versuchte ich einige Worte heraus zu pressen. „Danke für die Hilfe. Woher kommen Sie eigentlich", rutschte mir gerade noch heraus. Aber die junge Unbekannte schwieg. Sie schaute mich mit ihren großen braunen Augen an, und erst jetzt bemerkte ich, wie schön sie doch war. Sie hatte ein makelloses sanftes Gesicht und obwohl sie lächelte, schien sie doch sehr traurig zu sein. Lange standen wir einfach nur da. Schließlich, als die Flammen wieder erloschen waren und den Blick auf die verfallen Ranch und mein ausgebranntes Auto frei gaben, lief sie los. Sie sprach kein Wort, drehte sich noch einmal um und winkte mir zu. Dabei entdeckte ich Tränen in ihrem wunderschönen Gesicht.

Ich weiß nicht mehr, warum ich ihr nicht folgen konnte. Möglicherweise war es der Schock, der meine Beine lähmte. Die Unbekannte verschwand hinter einem dicken hohlen Baumstamm. Dann sah ich sie nicht mehr. Wollte sie hinter dem Baum ein wenig ausruhen nach all diesen Strapazen? Oder war ihr das Kind in den

Armen zu schwer geworden? Ich spürte, wie ganz langsam meine Lebensgeister zurückkehrten. Endlich konnte ich mich wieder bewegen. Vorsichtig und langsam näherte ich mich dem Baum. Doch die unbekannte Schöne war nirgends zu sehen. Nur der Wind verwehte Unmengen von Asche über die verlassene Steppe. Hinter dem Baum entdeckte ich ein kleines Kreuz. Einsam steckte es im versengten Boden und ich wunderte mich, warum keiner Blumen dort abgelegt hatte. Neugierig beugte ich mich herunter, um das kleine verrostete Schild lesen zu können, welches am Kreuz angebracht war. Schockiert las ich: *„Amanda Miller – bei einem Steppenbrand ums Leben gekommen – sie war mit ihrem gerade erst geborenen Sohn unterwegs zum Arzt!"* Darunter hatte man ein winziges Foto angebracht. Es war das Foto der jungen Frau, die mich aus dem Feuer gerettet hatte.

Der Brunnen

Es war im Sommer 61. Gerade erst hatten die Ärzte bei mir einen großen bösartigen Tumor im Darm entdeckt. Und da alle meine sogenannten Freunde ganz plötzlich mit dem Aufbau ihrer Karriere beschäftigt waren, hatte ich genug Zeit, mich allein zu beschäftigen. Nachdem sich die erste lähmende Angst ein wenig gelegt hatte, wurde mir schlagartig klar, dass ich mit diesem Problem allein fertig werden musste. Ich bekam einige Medikamente, die vermutlich das Sterben hinauszögern sollten. Aber das Verrückteste an dieser Krankheit war, dass ich sie nicht spürte. Sie war in mir, doch ich fühlte nichts! Irgendwann beschloss ich, mein Leben zu verändern. Ich hatte einfach keine Lust mehr, überall als Kranker zu gelten und schweigend auf das Sterben zu warten. Ich wollte nur noch eines: raus! Kurzerhand mietete ich mir ein Häuschen auf dem Lande, kündigte meinen langweiligen Bürojob und zog los. Das kleine Häuschen befand sich in Hillary- Beach, einem nirgendwo eingezeichneten malerischen Fleckchen Erde, am Rande aller Zeiten. Die Einheimischen nannten diese Gegend wohl so. Und irgendwie hatten sie ja recht. Es war dort so schön, dass man diesen Ort keinem verraten mochte. Das kleine Haus gehörte einer Familie Benson. Sie waren schon alt und suchten einen Nachmieter. Um die potentiellen Mieter ein wenig auf die Probe zu stellen, vermieteten sie es den Sommer über. Scheinbar hatten sie bisher niemanden gefunden, der ihnen gefiel. So hatte ich das Glück, dort für wenig Geld wohnen zu können. Als ich dort eintraf, waren die beiden schon weg. Das kleine alte Häuschen schmiegte sich eng an einen Felsen, der einsam zwischen dutzenden dicken Eichenbäumen hervorragte. Es sah ein wenig gruselig aus, doch mir gefiels. Als ich meine Reisetasche hineingetragen hatte, fand ich einen Zettel auf dem Küchentisch. *„Wir wünschen Ihnen viel Spaß in unserem kleinen Haus. Im Kühlschrank haben wir ein paar leckere Sachen für Sie. Also dann, alles Gute, die Bensons!"* Es dauerte nicht lange, bis ich die wenigen Räume des Hauses inspiziert hatte. Eigentlich suchte ich eine Dusche, fand aber keine. Nur ein Badezimmer, in dem es lediglich ein winziges Waschbecken gab. Da mir das nicht reichte, musste ich mir wohl oder übel eine andere Wasserstelle suchen, aber wo? Vielleicht gab es einen See in der Nähe, oder einen Fluss? Nachdem ich mich ein wenig ausgeruht hatte, begab ich mich auf die Suche. Hinter dem Haus schloss sich ein idyllisches Gartengrundstück an. Überall standen Gipsfiguren herum und es sah ziemlich kitschig aus. Gerade wollte ich ins Haus zurück, da hörte ich ein leises Plätschern. Es musste ganz in der Nähe sein. Noch einmal ging in den Garten und untersuchte jeden einzelnen Winkel. Und tatsächlich! Hinter einem dichten Gebüsch, am Fuße des merkwürdigen Felsens befand sich ein kleiner Brunnen. Munter und fidel schoss das Wasser in einer hohen Fontäne nach oben, um im selben Augenblick laut plätschernd in den Brunnen zurück zu fallen. Was für ein wunderschöner Anblick. In allen Farben schillerte das Wasser und regte mich zum Träumen an. Das plätschernde Geräusch weckte in mir Gefühle, die ich lange schon nicht mehr kannte, eine unbändige Gier nach Leben! Ich setzte mich auf den steinernen Rand des Brunnens und schloss meine Augen. Und plötzlich sah ich, wie mein Leben in einzelnen Episoden vor meinem inneren Auge vorüber flog. Ich sah alles Mögliche, nur meine Erkrankung sah ich nicht mehr. Es war, als wäre sie nie dagewesen. Bei diesem Brunnen fühlte ich mich so geborgen und sicher wie nirgendwo sonst. Er schien mir so vertraut, beinahe so, als wäre er ein Teil von mir. Ewig wollte ich so weiterträumen. Doch ich musste meine Medikamente einnehmen. Nachdenklich ging ich ins Haus zurück. Dieser Brunnen hatte mich total verzaubert. Als ich ein wenig zu Abend gegessen hatte, wollte ich noch einmal zu ihm gehen. Vielleicht konnte ich in seiner Nähe gut einschlafen. Einsam wars am kleinen Brunnen und das Mondlicht warf einen magischen Schein auf das dunkel schillernde Wasser. Ich legte mich auf den Brunnenrand und schaute in die Sterne. Myriaden von Lichtpunkten erstreckten sich in dieser unfassbaren Unendlichkeit. Sie standen so starr in diesem schwarzen Nichts, und doch war alles in ständiger Bewegung. Dort draußen gab es keinen Stillstand. Und hier unten auf der Erde? Ein leichter Wind verfing sich im Blätterwerk der Eichenbäume und erzeugte dabei ein geheimnisvolles Rauschen. Es knisterte ganz leise und ich hatte den Eindruck, als wäre irgendjemand in der Nähe. Ich schaute mich um, doch es war keiner da. Vorsichtig stieg ich in das erfrischende Wasser des Brunnens. Das eiskalte Wasser der Fontäne fiel auf mich herab und ich ließ mich ganz ins Wasser fallen. Was für ein Gefühl. Ich konnte gar nicht genug davon bekommen. Und auf einmal fühlte ich mich wie ein spielendes Kind. Ich planschte herum und vergaß die Zeit, mein Alter und meine Krankheit. Ich vergaß alles um mich herum. Ich freute mich, dass ich diese einzigartige Natur, dieses Leben so tief in mich aufnehmen durfte. Ja, dafür lohnte es sich zu leben, jede Sekunde! Es war wunderbar. Ich hatte meine Träume zurück. Als ich müde genug war, legte ich mich auf den Rand meines geliebten Brunnens und schlief ein. Am nächsten Morgen wurde ich von einem seltsamen Pfeifton geweckt. Ich schlug meine Augen auf und hatte sofort den Eindruck, dass irgendetwas anders war als sonst. Ich konnte es mir einfach nicht erklären. Das Wetter war wunderbar und die Sonne kitzelte mich an der Nasenspitze. Das Pfeifen kam aus dem Haus. Auf einer kleinen Kommode lag mein Handy und pfiff laut vor sich hin. Am anderen Ende meldete sich mein Arzt. Er fragte mich, ob ich meinen Termin heute Morgen vergessen hätte. Nervös zog ich den Terminzettel aus der Brieftasche und schaute zur Uhr. Und wahrhaftig, ich hatte den Termin verpasst! Doch der Arzt lachte nur und meinte, dass es nicht so schlimm sei. Gleich am nächsten Tag sollte ich zu ihm kommen. Ich packte also meine Reisetasche zusammen und fuhr am darauffolgenden Tag zu seiner Praxis. Als die Untersuchungen abgeschlossen waren, sollte ich in seinem Zimmer warten. Er wollte etwas Wichtiges mit mir besprechen. Mit versteinerter Miene betrat er den Raum. Kopfschüttelnd betrachtete er sich die Untersuchungsergebnisse, und ich hatte bereits die schlimmsten Vermutungen. Doch als er aufschaute, lächelte er und meinte, dass er so etwas in einer langjährigen Zeit als Chirurg noch niemals erlebt hätte. Alle Befunde seien normal. Es war ein Wunder. Der große Tumor im Darm hatte sich zurückgebildet. Es gab keine Zweifel, ich war wieder gesund! Ich konnte nicht anders, ich sprang auf den Arzt zu und umarmte ihn. Solch eine Nachricht hatte ich wirklich nicht erwartet. Aber wie konnte das nur möglich sein? Der Arzt wusste keine Antwort. Und mir war sie eigentlich auch egal. Ich war gesund, nur das zählte noch! Voller Freude fuhr ich zum Haus und zu meinem Brunnen zurück. Doch als ich durch den Garten zu ihm gehen wollte, fand ich ihn nicht mehr. An der Stelle, wo er gestern noch stand, erstreckte sich eine kleine Wiese. Das konnte doch gar nicht sein. Ich war mir ganz sicher, in seinem Wasser gebadet zu haben. Er musste da sein! Aber ich suchte vergebens, er blieb verschwunden. Da wurde mir klar, dass es der

Brunnen gewesen sein musste, der mir meine Gesundheit zurückgegeben hatte. Als das alte Ehepaar zurückkehrte, fragte ich sie nach diesem Brunnen. Die beiden schauten sich an und der alte Mann meinte: „Ja, vor vielen Jahren hat es hier einen Brunnen gegeben. Ich habe selbst als Kind in ihm gebadet. Leider versiegte er und wir haben eine Wiese darüber gepflanzt. Der Brunnen hatte magische Kräfte. Sein Wasser hat uns stets von schweren Krankheiten befreit. Sie haben diesen zauberhaften Brunnen wiederentdeckt. Sie sollen das Haus haben!" Ich wusste gar nicht, was ich vor lauter Glück sagen sollte. Nun war ich also nicht nur meine furchtbare Krankheit los, ich wurde auch noch Hausbesitzer. Doch wovon sollte ich das Haus bezahlen? Der Alte sagte, dass sie es mir für einen Dollar symbolisch verkaufen würden, wenn sie immer mal zu Besuch kommen dürften. Mehr wollten sie nicht. Natürlich willigte ich ein, und wir erstellten einen Kaufvertrag. Leider hatte ich sie seitdem nie wiedergesehen. Eines Tages fand ich im Keller des Häuschens etliche alte Zeitungen. Ich wollte sie schon wegwerfen, da stutzte ich. Auf der Titelseite einer Zeitung entdeckte ich ein seltsames Foto. Es zeigte das kleine Häuschen und ich las den darunter stehenden Text: *„Arztehepaar bei Unfall ums Leben gekommen! Beim Ausheben eines Brunnenschachtes stürzte der Inhaber des Anwesens in den Brunnen. Als ihm seine Frau zu Hilfe kommen wollte, stürzte sie ebenfalls hinein. Die beiden konnten Tage später nur noch tot geborgen werden!"* Um den

Text bis zu Ende lesen zu können, musste ich die Seite umblättern. Auf der anderen Seite hatte man die Fotos des Ehepaares abgedruckt. Ich erschrak, denn es war das alte Ehepaar, welches mir das Haus überschrieben hatte! Als ich den Kaufvertrag später auf seine Echtheit überprüfen ließ, stellte man fest, dass die Unterschriften echt waren. Und als ich das Datum auf dem Kaufvertrag verglich, bekam ich einen Schock! Das Ausstellungsdatum des Vertrages war der Tag vor dem tödlichen Unfall des Ehepaares!

Alte Kronleuchter

Jan lebte noch nicht sehr lange in seiner neuen Wohnung in der Stadt. Es war ein wunderschöner sanierter Altbau, welcher inmitten vieler anderer gutbürgerlicher Mietshäuser stand und über mehrere Stockwerke verfügte. Für Jan war das sehr wichtig, denn er bezog die beiden oberen Geschosse. Ja, er liebte Maisonettewohnungen und fühlte sich nun so richtig wohl. Allerdings liebte er auch antike Möbel. Zwar verdiente er nicht sehr viel Geld. Aber er sparte sich einiges zusammen und konnte sich von Zeit zu Zeit ein neues altes Stück besorgen. Überdies schenkte ihm seine Großmutter zum Einzug drei wunderschöne alte Kronleuchter. Die bekamen Ehrenplätze in Wohnzimmer, Schlafzimmer und Diele. Als er sich komplett eingerichtet fühlte, genoss er jeden Tag, den er in seinem neuen Domizil erleben konnte. Eines Tages jedoch schien sich das Blatt zu wenden. Es war Winter geworden und Jan musste nun seine Kronleuchter schon sehr zeitig einschalten. Als er eines Abends von seiner Arbeit kam und im Wohnzimmer das Licht einschaltete, flackerte es einige Male und ging schließlich aus. Er tauschte die Glühbirne und machte es sich auf seinem Sofa gemütlich. Doch es war wie verhext, wieder begann der Kronleuchter zu flackern. Jan wusste nicht, was das zu bedeuten hatte. Erneut tauschte er die Glühbirne. Und wieder leuchtete sie eine kleine Weile, bis sie schließlich zu flackern be-

gann. Genervt kontrollierte er den Sicherungs-
kasten. Vielleicht lag es ja daran. Doch er konnte
nichts entdecken. Alles schien einwandfrei zu
funktionieren. Da das Flackern nicht aufhörte,
fragte er seine Großmutter, ob sie derartige Dinge schon einmal an diesen Leuchtern beobachtet
hätte. Doch die Großmutter konnte sich an einen
derartigen Schaden nicht erinnern. Jan wollte die
wunderschönen Kronleuchter keinesfalls durch
andere Leuchten ersetzen. Er liebte sie und ließ
sie dort, wo sie waren. Jedoch ging das Flackern
einfach nicht mehr weg, ganz im Gegenteil, es
wurde immer schlimmer. Als er eines Abends
mal wieder einen spannenden Videofilm anschauen wollte, flackerte der große Kronleuchter
im Wohnzimmer derart, dass es laut knisterte
und knackte. Plötzlich schalteten sich alle drei
Kronleuchter gleichzeitig ein und flackerten und
zischten. Schließlich begannen sie wild hin und
her zu schwanken. Dabei flogen Funken aus den
Anschlüssen und setzten die Gardinen in Brand.
Jan gelang es nicht mehr, sie zu löschen, und der
Funkenflug wurde immer stärker. Sogar das
Schlafzimmer stand schon in Flammen. Panisch
zog er sich seine Jacke über und rannte aus der
Wohnung. Er wollte eigentlich die Feuerwehr
anrufen, doch ein Festnetztelefon besaß er noch
nicht. Außerdem wohnte in dem neu renovierten
Mietshaus bisher nur er, so konnte er nicht ein-
mal zu den Nachbarn gehen. Und sein Handy
hatte er im Auto liegenlassen. Als er auf der
Straße war, vernahm er ein lautes Knirschen und

Knacken. Erschrocken schaute Jan zum Himmel, zog jetzt auch noch ein Gewitter auf? Doch dem war nicht so. Die gesamte Fassade des Hauses vibrierte und stürzte schließlich, von entsetzlichen Geräuschen begleitet in sich zusammen. Jan wurde von einer riesigen Staubwolke eingehüllt und musste husten. Fassungslos stand er an seinem Auto und starrte auf das furchtbare Geschehen. Als sich die Staubwolke verzogen hatte, brauchte er die Feuerwehr nicht mehr zu rufen. Die kam schon um die Ecke gerast. Eintreffende Notärzte fragten ihn, ob ihm etwas fehlte. Doch Jan war wohlauf. Hätten die alten Kronleuchter nicht einen derartig heftigen Funkenflug erzeugt, so dass er aus dem Hause gehen musste, dann wer er wohl bei dem Einsturz ums Leben gekommen. Spätere Untersuchungen ergaben, dass sich unter dem Haus ein alter Bergwerksstollen befand, der nirgends verzeichnet war. Durch die Bauarbeiten hatte es heftige Erschütterungen gegeben, die den Stollen schließlich zum Einsturz brachten. Jans Haus stand genau darüber und stürzte ebenfalls zusammen. Seltsamerweise hatten die drei alten Kronleuchter, bis auf einige Kratzer keinerlei Schaden genommen. Jan zog sie aus den Trümmern und konnte sie wiederverwenden. Er hängte sie in seiner neuen Wohnung wieder auf und sie funktionierten, als sei nie etwas geschehen. Seine Großmutter, der er das Erlebte natürlich sofort schilderte, wunderte sich gar nicht über Jans Ausführungen. Vielmehr erzählte sie ihm, dass sie die alten Kronleuchter damals von einem fliegenden Händler auf einem Trödelmarkt günstig erstanden hätte. Der Händler erzählte ihr, dass die drei Leuchter schon eine Menge mitgemacht hatten. Er habe sie aus einer brennenden Wohnung gerade noch rechtzeitig retten können, denn er war von Beruf Feuerwehrmann!

Schmetterlinge

Endlich war die Schicht vorüber und Mark wischte sich mit dem Arm über sein verschwitztes Gesicht. Die Arbeit im Stollen war schwer und kraftraubend. Dennoch blieb ihm keine andere Wahl. Um seine Familie zu ernähren, musste er sich abschuften. Das Geld war knapp und die Arbeitsplätze wurden nicht verschenkt. Gerhard, sein bester Freund, hatte seit einigen Tagen gesundheitliche Probleme. Doch zum Arzt wollte er nicht gehen. Er hoffte, dass es ihm bald wieder besser ginge und er diese Tage gut überstände. Die Kumpel gingen zum Aufzug, der sie gleich ans Tageslicht bringen sollte. Plötzlich gab es einen ohrenbetäubenden Knall, der von heftigen Erschütterungen begleitet wurde. Mark konnte kurzzeitig nichts mehr hören und Gerhard stürzte zu Boden. Auf die Kumpel und auf deren Lampen fielen dutzende Steine und Unmengen an Schutt. Mit einem Schlag wurde es stockdunkel. In Sekundenschnelle kroch eine dichte Staubwolke durch den Stollen. Das heftige Vibrieren hatte Unmengen Geröll und Abraum durcheinandergewirbelt und überall lagen Schutt und Felsbrocken im Weg. Die verschreckten Kumpel lagen auf dem Boden oder hatten sich an die rauen schroffen Wände gepresst. Einige schlugen auf ihre Helmlampen ein, ohne Erfolg, sie funktionierten nicht mehr. Langsam verebbte das Gefühl, gerade noch überlebt zu haben und verwandelte sich in lähmende Angst. Was, wenn es einen weiteren Schlag gab. Kam man hier überhaupt lebend wieder raus. Fragen über Fragen und kein einziger Ausweg. Zumindest gab es Antworten, als Mark laut nach den Kumpels brüllte. In der Dunkelheit konnte man nicht sehen, wie viele noch am Leben waren. Gerhard wies alle an, ihre Namen zu rufen. Dann würde man hören, wie viele es seien. Bis auf zwei Bergleute, die nicht mehr antworteten, waren die anderen drei vor Ort und vermutlich auch wohlauf. Doch was sollten sie jetzt tun? Zum Aufzug kamen sie nicht mehr. Und hier unten würde ihnen wohl bald die Atemluft knapp werden. Schon jetzt fiel ihnen das Atmen sehr schwer. Außerdem waren sie von der Arbeit derart geschwächt, dass sie sich eigentlich kaum noch auf den Beinen halten konnten. Und der Schweiß am Körper lief sich kaum vom Blut der Verletzungen unterscheiden, er schmeckte nur etwas anders. Gerhard hatte eine Idee, wenngleich keine sehr originelle. Er meinte, mit großen Felsbrocken ein Loch in Richtung Aufzug in den heruntergestürzten Felsen zu hauen. Vielleicht hatten sie ja auf diese Weise noch eine Chance. In der Dunkelheit erschien jedoch auch das mehr als fragwürdig. Dennoch begannen sie, mit großen Felsbrocken auf die zusammen gestürzte Wand einzuschlagen. Funken stoben und die dünne staubige Luft setzte allen sehr zu. Kaum gelang es ihnen, auch nur einige wenige Zentimeter nach vorn durchzukommen. Und die wesentlichste

Frage blieb offen: Hatten sie auch die richtige Richtung eingeschlagen? Vollkommen entkräftet und laut keuchend gaben sie schließlich auf. Schon quälte sie der Durst und sie hatten nichts zu trinken. Es war merkwürdig, aber in dieser Aussichtslosigkeit, dieser Angsteinflößenden Einsamkeit hier unten im Berg fühlten sie sich überhaupt nicht allein. Sie dachten an ihre Familien, die viele Meter über ihnen warteten und vermutlich schon um sie bangten und weinten. Ein seltsames, nie so stark empfundenes Gefühl hielt sie dort unten fest zusammen, die Hoffnung! Jeder spürte seinen Herzschlag und jeder war froh, dass er ihn noch spüren durfte. Minuten erschienen wie Stunden, ja wie ein ganzer Tag. Das Zeitgefühl ließ mehr und mehr nach. Vielleicht war es genau das, was die Bergleute in diesen Augenblicken am meisten irritierte. Einer der Kumpel schrie plötzlich laut, er bekäme keine Luft mehr und würde gleich sterben. Gerhard hielt ihn fest und drückte ihn fest an sich. „Komm sei ruhig", sagte er leise, „das schaffst Du schon. Wir kommen hier wieder raus, wirst es sehen." Auch die anderen versuchten, ihm gut zu zureden und ihn zu beruhigen. Irgendwann wurde es so still, dass man meinte, der Tod sei in der Nähe. War das ein letztes Ergeben dem Unabänderlichen? War das Ende schon so nah? Das durfte einfach nicht sein! Was sollte aus der Familie, den Kindern werden, wenn sie nicht mehr zurückkämen. Plötzlich knackte es! Sofort riefen einige: „Wir sind hier. Wir leben! Holt uns hier raus!" Doch es kam keine Antwort. Das Knacken jedoch wurde lauter und lauter. Und plötzlich vibrierte erneut der Boden und der Stollen schien hin und her zu schwanken. Entsetzt duckten sich die Bergleute und rechneten bereits mit dem Schlimmsten. Gab es einen neuen Wetterschlag? Aus dem Inneren der Erde unter ihnen drangen Lichtstrahlen empor. Gleißend helles Licht blendete sie und erhellte magisch den zusammengestürzten Stollen. Gleichzeitig schob sich der Boden immer weiter auseinander und frische Luft drang hinauf zu den Kumpeln. Die atmeten tief ein und konnten nicht glauben, was da geschah. Aus dem Inneren der Erde flogen dutzende Schmetterlinge nach oben. Sie flatterten lustig durcheinander und setzten sich auf die Nasen und Ohren der Bergleute. Die begriffen überhaupt nicht, wie ihnen geschah. Was ging hier nur vor? Waren sie am Ende schon längst tot und im Paradies angekommen? Vielleicht gab es unter ihren Füßen aber nur eine völlig andere Welt? Unterdessen war der Spalt breit genug, sodass sie alle hindurch passen würden. War es eine Aufforderung, den Stollen durch diesen Schlund zu verlassen? Lange dachten sie nicht darüber nach, Mark fasste sich als erster. Er stieg in den Spalt und verschwand im Licht. Die anderen, die noch etwas skeptisch schauten, taten es ihm gleich. Einer nach anderen verschwand durch den engen Spalt. Auch die Schmetterlinge flogen durch den Spalt hinter ihnen her. Hinter sich hörten sie einen lauten Knall, vermutlich war der

Stollen nun endgültig zusammengestürzt. Als sie den Spalt hinter sich gelassen hatten, gelangten sie zu einem unterirdischen See. Über dem merkwürdigen See leuchtete ein seltsam bläulicher Himmel. Sogar zartblaue Wölkchen schwebten über dieser märchenhaften Welt. Was für ein Schauspiel, was für ein unfassbares Wunder. Als sie am Ufer des Sees standen, kontrollierten sie, wer von ihnen noch da war. Und sie stellten erleichtert fest, dass alle lebten. Selbst diejenigen, die vorhin im Stollen nicht geantwortet hatten, waren hier. Vermutlich konnten sie wegen des Staubes und des Schocks nicht mehr sprechen. Doch was machte das schon aus, sie lebten und nur das zählte! Sie konnten sich an dieser fremden unwirklichen Welt einfach nicht satt sehen. Mit offenem Munde standen sie da und staunten. So etwas hatten sie wohl noch niemals gesehen. Ihre zerrissene Arbeitskleidung hing ihnen in Fetzen vom Leibe. Und ihre Gesichter waren schmutzig und verschwitzt. Doch sie waren glücklich. Und sie starrten auf das so friedlich vor ihnen liegende Ufer mit seinen fremdartigen Pflanzen. Irgendwann fanden sie ihre Sprache wieder und begannen, sich zu unterhalten. Sie zogen sich die zerlumpte Arbeitskleidung aus und sprangen ins Wasser. Es war kühl und sehr angenehm. Unzählige bunte Schmetterlinge flogen durch die würzige Luft und schienen sich mit ihnen zu freuen. Als sie wieder aus dem Wasser kamen, legten sie sich erst einmal in den warmen Ufer-Sand und schliefen sofort ein. Sie schliefen so fest, dass sie gar nicht bemerkten, wie sich eine gewaltige Wasserfontäne aus dem See erhob und auf sie zu bewegte. Die Fontäne erfasste sie und nahm sie mit sich. Sie trug die Bergleute immer höher und höher, bis in den leuchtenden Himmel hinein. Alles geschah so sanft, dass keiner von ihnen erwachte. Neben der Fontäne flogen die Schmetterlinge und begleiteten sie bis zu einem steinernen Loch. Die Fontäne glitt in das Loch hinein und sprudelte schließlich aus einem stillgelegten alten Brunnenschacht, hinter dem Aufzug des Bergwerkes. Vorsichtig legte sie die Bergleute neben dem vermeintlichen Erdloch ab. Die schliefen noch immer und wurden von Spürhunden schnell gefunden. Natürlich war die Freude riesig, als man die Kumpel fand. Gleichzeitig wuchs die Verwunderung, die Leute nackt und vollkommen sauber zu sehen. Wie war es nur möglich, dass sie in einem solchen Zustand nach oben gelangten? Wieso lagen sie ausgerechnet neben dem ausgedienten alten Brunnen? Hatten sie einen Ausstieg gefunden, der in den alten Brunnenschacht mündete? Als die Kumpel wach wurden, konnten sie sich an gar nichts erinnern. Sie wussten nur noch, dass sie im eingestürzten Stollen lagen und vergeblich versuchten, sich mit großen Felsbrocken ein Loch in die herunter gestürzte Felswand zu hauen. An den unterirdischen See und die Schmetterlinge, die dort unten lebten, konnten sie sich nicht erinnern. Allerdings war das auch nicht mehr wichtig. Sie lebten und erhielten sogar eine großzügige Abfindung.

Das Bergwerk aber wurde nach dem Unglück geschlossen. Und die Familien zogen fort aus der Gegend. Eines Tages, als Mark früh aufstand, nahm er den Wecker von der Konsole hinterm Bett und wollte die Uhrzeit ablesen. Dabei entdeckte er, dass seine Fingernägel eine seltsame Färbung bekommen hatten. Sie glänzten gelblich. Beinahe so, als seien sie mit goldglänzender Farbe bemalt worden. Als er sie verschnitt, das abgeschnittene Stück seiner Frau zeigte, erkannte sie es sofort, es war tatsächlich echtes Gold! Die beiden konnten ihr Glück nicht fassen. Wie war das nur möglich? War Mark vielleicht so veranlagt, dass seine Gene an dieser Stelle Gold erzeugten? Aber warum nur an dieser Stelle und nirgendwo anders? Und warum hatte er das früher nie bemerkt? Die zwei dachten nicht weiter darüber nach und nahmen es, wie es nun einmal war. Zuviel hatten sie in der vergangenen Zeit durchmachen müssen. Da kamen doch goldene Fingernägel gerade recht! Und immer, wenn die Nägel wieder ein Stückchen gewachsen waren, schnitten sie es ab und hoben es auf. Irgendwann konnten sie alles verkaufen und erhielten eine hohe Summe dafür. Und das Seltsamste war, das jeden Morgen auf dem Fensterbrett ihres neuen Hauses viele bunte Schmetterlinge saßen, die kurz darauf lustig umherflatterten!

Knoten

Tim war Kampfmittelräumer (Bombenentschärfer) einer Sondertruppe in Arizona. Immer, wenn es Alarm gab, um einen Sprengsatz zu entschärfen, musste er mit raus. Judith, seine Ehefrau lebte deswegen in ständiger Angst. Jedes Mal, wenn das Polizeifahrzeug bedrohlich vor ihrem kleinen Häuschen in der Gladys-Road hielt, bekam sie einen Schock. Dennoch liebte Tim diesen Nervenkitzel. Zeigte er ihm doch ständig seine eigenen Grenzen auf. Genau das war es, was er brauchte. Er wollte seine Grenzen überwinden und nahm so manches Risiko in Kauf. An seine junge Frau und an die vielen Ängste, die sie ausstehen musste, dachte er nur selten. Eines Tages fuhr er mit Judith für ein paar Tage hinaus zum campen. Sie hatten ein Zelt mitgenommen und wollten nach all den vielen Jahren nun endlich einmal abschalten und sich erholen. Der Zeltaufbau gestaltete sich schwierig, denn beide hatten so etwas noch nie tun müssen. Und es schien seltsam, an allen Ösen und Haken hatten sich merkwürdige Knoten gebildet. Nur mit eiserner Geduld und Beharrlichkeit gelang es Tim, diese Knoten zu lösen. Gegen Abend hatten sie es geschafft und Judith bereitete etwas zu essen. Als sich die beiden am Abend in ihre Schafsäcke verkriechen wollten, fanden sie auch hier wieder dutzende Knoten vor, mit denen die Schlafsäcke zusammengehalten wurden. Tim wusste nicht, was er dazu sagen sollte. Er schimpfte vor sich hin und wollte vor lauter Frust im Freien schlafen. Judith regte sich zwar ebenfalls auf, solchen Mist gekauft zu haben, doch sie beruhigte Tim und lockte ihn mit ihren weiblichen Reizen wieder ins Zelt zurück. Dennoch erschien es merkwürdig. Denn immer, wenn die Knoten gelöst waren, bildeten sich an irgendeinem Ende neue, noch festere Knoten. Gegen Mitternacht waren alle Bändchen und Schnürchen entknotet und sie schliefen entnervt ein. Mehr war nicht mehr drin. Am nächsten Morgen wurden die beiden von einer lauten Stimme geweckt. Irgendjemand klopfte andauernd an ihre Zeltwände und rief nach Tim. Judith ahnte bereits Schlimmes, wollte es aber nicht wahrhaben. Und Tim wurde einfach nicht richtig wach. Zu lange hatten sie in der vergangenen Nacht an den vermeintlichen Knoten herumgedoktert. Judith öffnete das Zelt und schaute in das Gesicht eines aufgeregten älteren Mannes. Wild mit den Händen gestikulierend sprach er von einer großen Bombe. Irgendjemand hatte sie auf den Zeltplatz gebracht und nun tickte angeblich ein Zeitzünder. Tim, der das gehört hatte, fuhr sofort hoch und zog sich etwas über. Judith wollte noch etwas sagen, doch Tim schien plötzlich derart aufgezogen, dass sie vergeblich auf ihn einredete. Tim wurde an das Zelt geführt, wo die Bombe lag. Und tatsächlich, irgendein Schwachkopf hatte sich hier einen sehr üblen Scherz erlaubt. Die Bombe lag auf einem Holzgestell. Darunter entdeckte Tim einen Zettel.

Die Polizeibeamten nahmen sich dem Zettel an. Darauf hatte der Täter seine Drohungen aufgeschrieben: „Dies ist keine Warnung. Entweder ihr verschwindet mit Euren Zelten von meinem Grundstück oder die Bombe explodiert. Und gebt Euch keine Mühe, die Bombe zu entschärfen. Sie ist so installiert, dass sie nur von mir und per Fernbedienung entschärft werden kann. Die Zeit läuft!" Tim wusste nicht, was er zu diesem Schwachsinn sagen sollte. Zu viele Menschen hatte er in den unterschiedlichsten Kriegsgebieten sinnlos sterben sehen. Das jemand freiwillig auf eine solch verrückte Idee kommt, hätte er sich nicht träumen lassen. Er schaute sich den Mechanismus der Bombe genauer an. Es handelte sich um eine *500 Kilo Bombe* aus dem zweiten Weltkrieg, die der Täter umgebaut haben musste. Alles war anders angeordnet, als es Tim kannte. Lediglich zwei Drähte, die obendrein auch noch sehr kurz waren, führten in das Innere. Mehr konnte er nicht erkennen. Er musste also herausbekommen, welchen Draht er durchtrennen musste, damit die Bombe entschärft wurde. Tim wusste genau, wie gefährlich diese unbekannte Konstruktion war. Er wusste auch, dass er nur einen einzigen Versuch hatte, dieses Monstrum lahm zu legen. Seine Erinnerung schlug Purzelbäume, schon allein deswegen, weil Judith mit dabei war. Sie stand mittlerweile hinter der Absperrung und starrte auf die riesige Bombe. Wie würde das Drama wohl ausgehen? Tim jedoch wurde wieder ruhig, sehr ruhig. Er untersuchte die Bombe und sah, wie die Zeit immer schneller zurücklief. Es blieben schließlich nur noch fünf Minuten. Die Polizei hatte den Zeltplatz längst räumen lassen, da ertönte ein lautes Kindergeschrei. Wie war das möglich, sollten nicht alle Leute den Zeltplatz verlassen haben? Die Polizei begab sich sofort auf die Suche. Und es waren nur noch drei Minuten Zeit. Wieder starrte Tim auf die Drähte. Er musste einen durchtrennen. Nur welchen? Plötzlich verfärbte sich die Uhr des Zeitzünders. Er nahm eine rote Färbung an. Das war wohl ein besonderer Clou des verrückten Täters. Damit wollte er wohl die Kampfmittelräumer foppen. Doch Tim blieb ruhig. Wieder ertönte das Geschrei, die Polizei hatte das Kind noch immer nicht gefunden, wo hielt es sich nur auf. Noch zwei Minuten und noch immer gab es keinerlei Entscheidung, welchen Draht sollte Tim nur durchschneiden? Auch das Kind schien wie vom Erdboden verschluckt. Eine Minute! Judith hielt es nicht mehr aus. Sie spürte, wie ihr die Beine versagten, sie torkelte und hielt sich krampfhaft an einem Baum fest. Würde gleich der ganze Zeltplatz in die Luft fliegen? Und das Kind? Wo war es? Und was würde mit Tim, mit ihrer Ehe? Judith fühlte in jedem einzelnen Nerv, wie die Sekunden tickten. Sie hörte es, tick, tick, tick. Noch zwanzig Sekunden! Plötzlich geschah etwas Merkwürdiges! Einer der Drähte bewegte sich. Tim wich zurück, glaubte schon, die Bombe würde explodieren. Doch der Draht drehte sich und formte sich andeutungsweise zu einem winzigen Knoten. Tim hatte nicht mehr genug Zeit, um nachzudenken. Blitzartig fiel ihm ein, dass es die Knoten selbst waren, die störten, ja, richtig, die Knoten waren die Störenfriede! Warum nicht auch hier bei dieser Mechanik? Noch drei Sekunden, das Kind schrie erneut, in welchem Zelt befand es sich? Judith wurde ohnmächtig und lag regungslos auf der Wiese unterm Baum. Die Polizeibeamten hatten sich in Sicherheit gebracht, nur Tim stand mit seiner Kneifzange vor der Bombe. Nur eine einzige Sekunde trennte ihn von der Ewigkeit, eine einzige Sekunde, die erschien wie ein Tag, ein Jahr, wie die Unendlichkeit – würde er jetzt sterben? Blitzschnell durchtrennte er den Draht mit dem Knoten, dann kniff er seine Augen zusammen! Wo blieb der Blitz des Todes? Die Zeit schien in diesen Sekunden stehengeblieben zu sein. Nichts regte oder rührte sich. Ungefähr zehn Minuten lag der gesamte Zeltplatz wie erstarrt. Tim starrte in einem fort auf den Zeitzünder. Der stand auf „0" und regte sich nicht mehr. Doch plötzlich verflog die rote Färbung und das Ticken verstummte. Die Bombe war entschärft! Judith kam langsam zu sich. Sie faselte irgendetwas vom Paradies und den Engelchen. Die Polizeibeamten erkundigten sich, ob die Leute wieder zu ihren Zelten gehen könnten. Tim nickte und wischte sich den Schweiß von der Stirn. Auch das Kind wurde gefunden. Seine Eltern waren kurz einkaufen und hatten die Aufsicht ihrer großen Tochter überlassen. Die jedoch verdrückte sich heimlich mit ihrem Freund im angrenzenden Wald. Der Täter konnte dingfest gemacht werden. Es handelte sich um einen geistig verwirrten arbeitslosen Elektriker aus dem Umland. Dem gehörte zwar das Grundstück. Doch er hatte es vor Jahren schon der Gemeinde verkauft. Wegen seiner fortgeschrittenen Demenz hatte er vergessen, dass ihm das Grundstück schon lange nicht mehr gehörte. Da er sich allerdings mit Elektronik gut auskannte, fabrizierte er in einer hellen Minute die fürchterliche Bombe. Nach diesem Vorfall gab Tim seinen Beruf auf und zog mit Judith auf eine weit entfernte Insel. Er hatte genug von Nervenkitzel, Risiko und Tod. Judith bekam zwei Kinder, eine Tochter und einen Sohn. Und manchmal, wenn sie die Kinderbekleidung wusch, bildeten sich merkwürdige Knoten an den Hemdchen, die sich nur schwer lösen ließen.

Die Telefonzelle

Gerade hatte ich mir ein neues Handy gekauft. Stolz telefonierte ich mit sämtlichen Bekannten und war stundenlang damit beschäftigt, das neue Wunderwerk meinen Bedürfnissen anzupassen. Ich lud mir die verrücktesten Klingeltöne herunter und hörte damit immer und überall meine Musik. Als ich Tage später in den Urlaub fuhr, geschah genau das, womit ich nicht gerechnet hatte. Irgendwo draußen, zwischen zwei riesigen Feldern blieb der Wagen stehen und bewegte sich keinen Meter mehr vorwärts. Fluchend schlug ich auf das Lenkrad ein. Doch alles Schimpfen nutze nichts, der Wagen funktionierte nicht mehr und musste wohl abgeschleppt werden! Genervt griff ich nach meinem nagelneuen Handy und wollte den Abschleppdienst anrufen. Doch ich konnte es nicht glauben, es ließ sich einfach nicht einschalten. Mir fiel ein, dass ich am gestrigen Abend noch stundenlang daran herumgestellt hatte. Vermutlich war der Akku leer. Voller Wut warf ich es auf den Beifahrersitz. Zu allem Unglück begann es auch noch zu regnen. Aber es half nichts, ich musste aussteigen, um Hilfe zu holen. Vielleicht gab es in der Nähe eine Siedlung oder ein bewohntes Haus. Ich stieg aus, zog mir die Jacke über den Kopf und lief los. Zu meinem Glück entdeckte ich an einer Trafostation eine alte Telefonzelle. Entschlossen ging ich hinein. Doch auch dort funktionierte nichts. Das

Telefon war, wie ich es mir bereits dachte, tot. Gerade wollte ich die Telefonzelle wieder verlassen, da hielt ein klappriger Lieferwagen und drei maskierte Männer sprangen heraus. Ich wollte wegrennen, doch zum Fliehen war es bereits zu spät. Die Männer rissen die Tür auf und brüllten: „Los, Geld raus, her mit den Wertsachen!" Mir rutschte das Herz in die Hose. Entsetzt starrte ich die Männer an und zog umständlich meine Geldbörse aus der Hosentasche. Plötzlich geschah etwas Merkwürdiges. Einer der Gauner griff schon nach der Börse, die ich ihm entgegenhielt, da knarrte und quietschte die Tür der Telefonzelle und schlug unvermittelt und laut zu. Ich konnte gerade noch rechtzeitig meine Hand zurückziehen. Die Gauner aber gaben nicht auf. Sie versuchten mit aller Kraft, die Tür wieder zu öffnen. Doch es ging nicht. Aus irgendeinem Grund ließ sich die Tür nicht mehr öffnen. Abwechselnd schlugen die drei gegen die Scheiben, traten heftig mit ihren Springerstiefeln dagegen. Aber die Tür rührte sich nicht. Nun griffen sie zu härteren Mitteln. Eifrig beschäftigten sie sich damit, große Steine in der Umgebung zusammen zu suchen. Ich ahnte, was sie damit vorhatten. Meine Befürchtungen wurden bittere Realität. Mit aller Kraft schleuderten sie die Brocken gegen die Verglasung der Zelle. Schon bildeten sich lange Risse und ich sah mich bereits leblos am Boden liegen. Da knackte und knirschte es in den Scheiben und sämtliche Risse verschwanden. Die Telefonzelle schien sich selbst zu regenerieren.

Innerhalb von wenigen Sekunden waren die Scheiben wieder vollkommen in Ordnung. Den drei Gaunern, die jene seltsamen Geschehnisse ebenfalls verfolgt hatten, stand das blanke Entsetzen ins Gesicht geschrieben. Auch sie konnten nicht glauben, was sie da sahen. Schnellstens sprangen sie in ihren Wagen zurück und verschwanden. Es dauerte nicht lange, da erschien ein Streifenwagen der Polizei. Die Beamten erkundigten sich, ob ich drei junge Männer in einem alten Lieferwagen gesehen hätte. Noch immer unter Schock stehend schilderte ich ihnen die furchtbaren Geschehnisse. Mein seltsames Erlebnis mit der Telefonzelle aber verschwieg ich. Vor lauter Schreck vergaß ich, die Beamten um Hilfe wegen meines liegen gebliebenen Wagens zu bitten. Erst als sie wieder abgefahren waren, fiel es mir wieder ein. Jedoch kam ich nicht dazu, mich endlosen Selbstvorwürfen hinzugeben. Ich traute meinen Augen nicht, die drei Gauner, die ich schon weit entfernt glaubte, kehrten zurück. Doch diesmal wollte ich mich nicht von den dreien bedrohen lassen. Schnell versteckte ich mich hinter einem Busch neben dem Trafohäuschen. Die drei hielten tatsächlich an und stiegen aus. Schließlich untersuchten sie die Telefonzelle. Dabei gingen sie äußerst rabiat vor. Sie zerfetzten die herum liegenden Telefonbücher und schlugen wie wild auf den Telefonapparat ein. Vermutlich erhofften sie sich auf diese Weise an das Geld im Inneren heran zu kommen.

Auch der Telefonhörer musste daran glauben. Sie rissen einfach das Kabel aus ihm heraus und schlugen ihn dann so lange auf die metallene Telefonbuchkonsole, bis er aufsplitterte und zerbrach. Plötzlich vernahm ich das gleiche Knacken und Knirschen, welches ich bereits von dem letzten Überfall her noch kannte. Laut krachend schlug plötzlich die Tür zu und die drei saßen in der Falle. Sie standen laut brüllend und tobend in der Zelle und kamen nicht mehr heraus. Und zu meiner großen Erleichterung erschein auch der Polizeiwagen. Diesmal allerdings mit Sirenengeheul und Blaulicht. Die Beamten sprangen aus dem Wagen und umstellten die Telefonzelle. Dann befahlen sie den Gaunern, sofort mit erhobenen Händen heraus zu kommen. Und welch Wunder, wie von selbst öffnete sich die Tür und die drei wurden verhaftet. Ich konnte es einfach nicht glauben. Die Telefonzelle hatte mir tatsächlich zum zweiten Mal das Leben gerettet. Schließlich riefen mir Polizeibeamten noch einen Abschleppdienst und mein Wagen wurde in die nächste Werkstatt gebracht. Meinen Urlaub aber trat ich nicht mehr an. Zu tief saß noch der Schreck und zu teuer war auch die Reparaturrechnung der Werkstatt. Doch all das war mir egal. Ich war nur froh, dass ich bei dem Überfall so glimpflich davonkam. Und manchmal fahre ich hinaus zu der alten Telefonzelle. Dann sitze ich neben ihr im Gras, genieße die Ruhe und weiß in diesem Augenblick genau, dass ich dort so sicher wie nirgendwo auf dieser Welt bin.

Der Helm

Ken hatte eine Schwäche für Motorrä-
der. Er fühlte er sich schon wie ein
Biker. Mit einer Harley durch die Gegend düsen, davon träumte er. Doch leider reichte sein Geld, welches er sich bei seiner Arbeit als
Gelegenheitsarbeiter in einer kleinen Baufirma
zusammensparte, nur für ein kleines klappriges
Moped. Aber er achtete es sehr und freute sich,
überhaupt ein Zweirad zu besitzen. Denn er hatte sonst keinen, der ihm irgendetwas geben
konnte. Mit seinen Eltern lag er seit Jahren im
Streit. Sie wollten nichts mit einem Arbeitslosen
zu tun haben und enterbten ihn. Als er schließlich auch noch seine Wohnung verlor und als
Obdachloser auf der Straße leben musste, blieb
ihm nur noch das alte Moped. Aber seine großen
Träume, irgendwann vielleicht doch noch mit
einer Harley durchs Land zu fahren, verlor er
nie. Auf einem Müllplatz neben der Brücke, unter welcher er nächtigte, fand er eines Tages einen alten rostigen Stahlhelm. Er strich ihn mit
schwarzer Farbe an und probierte ihn auf. Er
passte sehr gut zu seinem zerschlissenen Leder-
outfit und stand ihm wirklich ausgezeichnet. So
ausgestattet fuhr er, immer wenn er sich wieder
etwas Geld erarbeitet hatte, mit seinem Moped
durch die Straßen. An einem verregneten Morgen wollte er schon sehr zeitig los, um der erste
zu sein, wenn die Arbeit verteilt wurde. Er
brauchte dringend Geld und konnte es sich an

diesem Tage nicht leisten, zu spät zu kommen. Der Regen wurde immer stärker und leichter Nebel breitete sich über der Landstraße, welche in die Stadt führte, aus. Ken fuhr nicht sehr schnell, konnte jedoch kaum etwas erkennen. In einer Kurve verlor er plötzlich die Gewalt über sein Gefährt. Das Moped kam ins Schleudern und rutschte zur Seite. Kopfüber fiel er die Böschung hinunter, stieß mit dem Kopf an einen Stein und landete geradewegs in einem Kornfeld. Sein Moped krachte führerlos gegen einen Pfeiler und blieb dort liegen. Glücklicherweise hatte er den Stahlhelm auf dem Kopf. Dieser schützte ihn vor Kopfverletzungen, die er sich zwangsläufig bei seinem Sturz zugezogen hätte. Eine ganze Weile lag er so da und starrte in den Regen hinein. Dann erhob er sich und nahm den Helm vom Kopf. Doch was war das? Im Inneren des Helms entdeckte er eine Nummer. Zunächst konnte er sich keinen Reim darauf machen. Doch über der Nummer entdeckte er ein winziges Zeichen, ein Symbol. Es kam ihm irgendwie bekannt vor, irgendwo musste er es schon einmal gesehen haben, nur wo? Da er keinerlei Idee hatte, was es mit der Nummer und dem rätselhaften Symbol auf sich haben könnte, setzte er den Helm wieder auf und suchte sein Moped. Zwar war es sehr verbeult, aber es fuhr noch. So konnte er doch noch zur Arbeitsvermittlung fahren und bekam einen Tagesjob in einer Metallfirma zugeteilt, in welcher er schon sehr gejobbt hatte. Schon als er durch das Firmentor fuhr, wurde ihm einiges klar. Am Tor und auf dem Gebäudetrakt des Betriebes entdeckte er genau das gleiche Symbol, welches auch in seinem Helm eingeritzt war. Er konnte sich jedoch noch immer keine schlüssige Erklärung auf all das geben. Wieso war in seinem Helm ausgerechnet dieses Symbol eingeritzt? Am Nachmittag holte er sich seinen Lohn im Büro ab. Als er auf seinen Abrechnungszettel schaute, entdeckte er die Bankverbindung der Firma. Die Kontonummer glich der rätselhaften Nummer in seinem Helm bis auf die letzten beiden Ziffern. Wie ein Blitz schoss es Ken plötzlich durch den Sinn! Die eingeritzte Nummer gehörte hundertprozentig zu dem Symbol der Firma! Vielleicht war es eine Kontonummer? Auf dem schnellsten Wege fuhr er zurück zu seinem geheimen Lager unter der Brücke. Wieder und wieder schaute er auf die Nummer in seinem Helm. Und immer wieder betrachtete er nachdenklich das Symbol. Plötzlich kam ihm eine verwegene Idee. Er wollte zur Bank fahren und dort erfragen, was es damit auf sich hatte. Dazu notierte er sich die Nummer auf einen Zettel. Schließlich fehlten nur noch ein sauberes Hemd und eine passende Krawatte. Beides fand er in einem Koffer, den er noch besaß. Er stieg auf sein Moped und fuhr los. Tatsächlich hatte die Bank noch geöffnet. Am Schalter gab er vor, seine Bankkarte verlegt zu haben. Aber die Kontonummer könnte er noch sagen. Mit unsicherer Stimme las er die Zahlen auf dem Zettel. Die Schalterangestellte schaute Ken zunächst sehr misstrauisch an. Dann fragte sie mit gesenkter Stimme, so, als sollte es niemand hören: „Sind Sie zufällig Ken Meyers? Und wenn es so ist, haben Sie Ihren Personalausweis dabei?" Ken wusste nicht, was er sagen sollte, so überrascht war er. Woher wusste die Angestellte seinen Namen? Da er sich aber keiner Schuld bewusst war, nickte er mit dem Kopf. „Ja, das bin ich, wieso", fragte er leise und legte seinen Ausweis auf den Tresen. Wortlos nahm die Angestellte den Ausweis an sich und verschwand in den hinteren Teil des Raumes. Aus einem großen Stahlschrank entnahm sie eine dicke Akte. Mit ihr kehrte sie zurück. „Schauen Sie", sagte sie dann, während sie Ken den Ausweis zurückgab, „ein Herr Joseph Meyers ist vor kurzem verstorben. Vor seinem Tode hatte er noch ein Testament hinterlegt, welches auch beim Notar einzusehen ist. Darin wurden Sie als Alleinerbe benannt. Das Konto, welches Sie uns nun genannt haben, ist jetzt Ihres." Vorsichtig schob sie Ken einen Kontoauszug über den Tisch. Der glaubte zunächst, an einer Sehstörung zu leiden. Aber es gab keinen Zweifel, auf dem Auszug war ein Guthaben von 2,5 Millionen Dollar zu verbucht. Es stellte sich heraus, dass es sich bei diesem Joseph Meyers tatsächlich um Kens Großvater handelte. Ihm gehörten mehrere Firmen. Unter anderem auch die, in welcher Ken als Gelegenheitsarbeiter ab und zu gejobbt hatte. Die Unterlagen bewiesen, dass Ken alles erben sollte. Warum seine Eltern nie von ihm erzählt hatten, konnte er sich letztlich nur so erklären, dass der Großvater als Soldat im Krieg gekämpft hatte. Darauf waren Kens Eltern nicht sehr stolz. Ja, sie schämten sich sogar dafür. Sie vernichteten alles, was an ihn erinnerte und sagten sich von ihm los. Daraufhin wurden sie von ihm enterbt. Auch den alten Stahlhelm des Großvaters warfen sie nach seinem Tod, von dem Ken nichts wusste, auf den Müll. Ken hatte ihn schließlich kurz darauf zufällig dort gefunden.

Die Erbschaft

Man sagt, es gibt Menschen, die mit dem Teufel paktieren. Doch nicht immer steckt blinder Hass dahinter. Manchmal ist es grenzenlose Liebe, die Menschen so handeln lässt!

Als ich die 25-jährige Margret kennen lernte, erschien sie mir zerbrechlich und schwach. Sie lebte noch bei ihren Eltern, weil sie keine Arbeit hatte. Doch auch die Eltern waren arbeitslos und konnten ihrer Tochter nicht helfen. Oft stritten sie heftig miteinander, was Margret sehr traurig werden ließ. Eines Tages lernte sie Jürgen kennen. Er war drei Jahre älter als sie und studierte Medizin. Da es ihm etwas besser ging als Margret, half er ihr, wo er nur konnte. Die beiden verstanden sich wunderbar und wollten schließlich eine Familie gründen. Alles lief gut, doch plötzlich begann sich Jürgen zu verändern. Immer öfter zog er sich zurück und sprach tagelang kein einziges Wort. Wenn Margret ihn dann fragte, dann schrie er sie an, sie sollte ihn doch in Frieden lassen. Weil sie ihn so sehr liebte, trennte sie sich aber nicht von ihm. Jedes Mal versuchte sie, die angespannte Situation zu retten, indem sie mit ihm sprach. Und sie hatte das Gefühl, als ob ihn das wieder etwas zugänglicher werden ließ. Als sie jedoch schwanger von ihm wurde, war es auch mit dieser letzten Seligkeit vorbei. Jürgen kommandierte Margret herum und pöbelte sie grundlos an. Margret war froh, wenn er mal nicht da war. Doch sie wusste, dass es so nicht weiter gehen konnte. Denn sie hatte Angst, dass es so enden könnte wie bei ihren Eltern. So nahm sie sich vor, Jürgen heimlich zu beobachten. Vielleicht traf er sich mit dubiosen Leuten oder er hatte schlicht und einfach eine Geliebte. Als Jürgen eines Morgens wieder vorgab, zur Uni zu fahren, tat sie so, als hätte sie eine Menge Hausarbeit zu erledigen. In Wahrheit jedoch wollte sie nur eines: Jürgen nachspionieren! Zwar fühlte sie sich absolut nicht gut dabei, doch es musste sein! Nachdem Jürgen aus dem Hause gegangen war, wartete sie einen kleinen Augenblick. Dann zog sie sich eine Jacke über und folgte ihm. Natürlich musste sie darauf bedacht sein, dass er sie nicht bemerkte. Jürgen lief bis zu einer Straßenkreuzung und wartete dort einige Minuten. Plötzlich hielt ein schwarzes Fahrzeug, Jürgen stieg schnell ein und das Auto brauste davon. Margret trug vorsorglich stets einen Zettel und einen Stift bei sich. Sie ahnte wohl, dass sie all das irgendwann einmal brauchen würde. Nachdem sie sich die Autonummer notiert hatte, lief sie nach Hause zurück. Von dort aus rief sie mich an und bat mich, ihr bei ihren heimlichen Ermittlungen behilflich zu sein. Nur ungern erfüllte ich ihr diesen Wunsch, denn es war ja nicht ganz klar, ob Jürgen tatsächlich etwas Anstößiges tat. Dennoch wollte ich ihr helfen so gut es mir möglich war. Jürgen kam an diesem Abend erst sehr spät zurück. Als Entschuldigung gab er an, dass er zusammen mit einem Kommilitonen aus der Uni für eine schwierige Klausur lernen musste. Margret allerdings glaubte ihm kein einziges Wort. Und wieder kam es zu einem erbitterten Streit. Dabei entglitt ihr ein Hinweis auf die morgendliche Beobachtung an der Kreuzung. Jürgen wurde plötzlich sehr ernst und es schien, als sei er geistig weggetreten. Er packte seine Tasche und verschwand wortlos aus der Wohnung. Margret rief ihm noch irgendetwas hinterher, doch es war vergebens. Jürgen kam nicht mehr zurück. Bis Mitternacht wartete sie auf ihn. Doch von Jürgen fehlte jedes Lebenszeichen. Ihre anfängliche Wut wich einem unerklärlichen Angstgefühl, welches mehr und mehr von ihr Besitz ergriff und sie immer unruhiger werden ließ. Schließlich rief sie mich an. Sie schilderte mir den merkwürdigen Vorfall mit Jürgen. Ich fuhr sofort zu ihr und wir warteten noch eine geschlagene Stunde auf ihn. Als er nicht kam, fuhren wir gemeinsam los. Zunächst hielten wir an der Kreuzung, an welcher sie Jürgen in das schwarze Fahrzeug einsteigen sah. Doch ein schwarzes Fahrzeug oder sogar Jürgen konnten wir nirgends entdecken. Margret wusste, wo Jürgens bester Freund, der Kommilitone, mit dem er angeblich gelernt hatte, wohnte. Der war zu Hause und konnte sich ebenfalls nicht erklären, wo Jürgen steckte. Langsam wurde uns die Sache unheimlich. Als wir zur Polizei fuhren, um uns dort beraten zu lassen, mussten wir an einem kleinen Wäldchen vorbei. „Halt mal an", zischte Margret plötzlich. In einer kleinen Schneise hielt ich den Wagen an. Hatte Margret etwas gesehen? War Jürgen hier? Margret deutete auf ein Fahrrad, welches an einem Baum lehnte, es war Jürgens Rad! Zwar fragte sie sich, wie das hierhergekommen sei. Doch vielleicht war Jürgen unbemerkt nach Hause gekommen und hatte es sich geholt. Wir stiegen aus und liefen bis zu einer alten verfallenen Scheune. Aus ihrem Inneren drangen Stimmen. Das Scheunentor war nur angelehnt und stand ein Spalt weit offen. Vorsichtig pirschten wir uns bis zum Tor und schauten durch den schmalen Spalt. Und was wir dann sahen, ließ uns das Blut in den Adern gefrieren. In der Mitte der Scheune stand Jürgen. Er schien jedoch derartig in Trance, dass er stöhnend hin und her taumelte. Plötzlich knirschte und knackte es, dann züngelten Flammen aus dem Erdboden, gelber Rauch stieg auf und aus dem Inneren der Erde erschien eine schwarze Gestalt. War die furchterregende Erscheinung etwa der Teufel? Der vermeintliche Teufel schwebte vor dem hin und her wankenden Jürgen und wurde größer und größer. Jürgen fiel auf die Knie und flüsterte unverständliche Worte. Dann sprach er mit zitternder Stimme: „Nimm mich an ihrer Stelle und lass sie am Leben. Bitte, bitte, nimm mich, ich liebe sie doch so sehr!" Der Teufel jedoch, der mittlerweile als riesiges drohendes Monster vor Jürgen schwebte, lachte laut und rief: „Wenn Du sie nicht freigibst, dann nehme ich mir Dich!" Mit einem lauten Knall verschwand er daraufhin zurück in der Erde und die Flammen verschwanden. Jürgen

kniete hilflos auf dem Boden und weinte bitterlich. Er schien vollkommen entrückt von dieser
Welt. Sollten wir jetzt eingreifen. Wir mussten es!
Wer weiß, was noch alles passiert wäre, wenn
wir es nicht getan hätten. Margret rannte als erste in die Scheune. Sie lief geradewegs auf ihren
Jürgen zu und hielt dessen Hand ganz fest. Jürgen, der sichtlich überfordert mit der Situation
schien, wusste gar nicht, wie ihm geschah. Er
stammelte etwas von: *Was willst Du denn hier, ich
schaff das auch allein, scher Dich weg, ich brauch
niemanden.* Schnell fiel ich ihm ins Wort und versuchte, ihm einige Fragen zu stellen. Mich inte-
ressierte vor allem, wer diese Erscheinung war?
Auch wollte ich von ihm wissen, was er mit seinem Bitten und Flehen gemeint hatte. Doch Jürgen schaute mich nur schweigend an und fand es
gar nicht so lustig, dass ich mit Margret in die
Scheune gekommen war. Die wiederum schaffte
es ebenfalls nicht, Jürgen eine Erklärung abzu-
trotzen. Als er sich wieder etwas gefangen hatte,
stand er wortlos auf und verschwand mit seinem
Fahrrad in der Dunkelheit der Nacht. Wir wussten nicht, was wir von all dem halten sollten.
Außerdem bekam ich Angst, Margret könnte
diese Aufregung geschadet haben. So fuhren wir
wieder zu ihr nach Hause, in der Annahme, dass
Jürgen dort sei. Doch er war nicht dort. Margret
schien es zu müßig, noch länger nach ihm zu
suchen. Sie wollte allein sein, um nachzudenken.
Und sie wollte erst einmal allein mit dieser
schwierigen Situation fertig werden. Ich fragte

sie noch, ob sie sich wirklich sicher sei, dass sie das wollte. Doch sie nickte nur und komplimentierte mich aus der Wohnung. Natürlich sorgte ich mich sehr um sie. Dieser Jürgen schien wohl einfach nicht gut für sie zu sein. Seit sie ihn kannte, hatte auch sie sich verändert. Sie war nicht mehr so lustig und aufgeschlossen wie früher. Ich wusste jedoch nicht, wie ich ihr helfen könnte. So wunderte ich mich auch nicht, dass sie eines Tages heulend vor meiner Tür stand. Sie gestand mir, dass Jürgen sie kurzerhand verlassen habe. Angeblich sei ihm alles über den Kopf gewachsen: das Studium, die Uni, die schwangere Margret, er packte es einfach nicht mehr. Aber was sollte aus Margret werden? Wer fragte sie, wie es ihr in dieser schweren Zeit ging? Oft versuchte ich, sie zu trösten und sprach sehr dann lange mit ihr. Plötzlich geschah etwas sehr Seltsames: Margret erhielt Post von einem Notar! Aus einer Erbschaft sollte sie 500.000 Dollar erhalten. Sie konnte sich das nicht erklären, denn keiner hatte ihr etwas zu vererben. Ihre Familie hatte kein Geld und war selbst bedürftig. Doch der Notar, der ihr das mitteilte, meinte nur lapidar, dass es sich um eine Urkunde handelte, die handschriftlich unterzeichnet sei. Ein älterer Herr hätte sie mit dieser Summe bedacht. Allerdings könnte sie die Urkunde sehr gern einsehen. Es war mir klar, dass sie Gewissheit wollte. Nach all diesen schweren Schicksalsschlägen musste sie wissen, ob sie wirklich dieses Geld geerbt hatte und von wem. Auf der Urkunde aber fand sie keine Hinweise, von wem das Geld kam. Allerdings erkannte sie die Unterschrift, es war die von Jürgen! Wie kam er dazu, ihr so viel Geld zu vererben? War er etwa gestorben? Selbst der Notar konnte ihr das nicht erklären. Als Margret wieder nach Hause kam, fand sie einen Briefumschlag im Kasten vor. Sie öffnete ihn und erstarrte vor Schreck, dort stand geschrieben: *„Meine geliebte Margret. Wenn Du das liest, dann bin ich nicht mehr unter Euch. Wundere Dich auch nicht über das Geld. Es hat alles seine Richtigkeit. Ich konnte nicht mehr mit ansehen, wie Du leidest. Du hast so viel mitmachen müssen. Nun sollst Du es besser haben. Du musst aber immer wissen, ich habe Dich stets geliebt. Die 500.000 Dollar sind von einer Person, der ich im Gegenzug meine Seele verschrieben habe. Der Vertrag liegt beim Notar und die Unterschrift ist tatsächlich von mir! Ich habe sie mit meinem eigenen Blut geschrieben!"*

Einbruch

Bis heute kann ich mir nicht erklären, was in dieser furchtbaren Gewitternacht wirklich geschehen war. Aber ich kann mich noch immer an jedes einzelne gruselige Detail erinnern. Seit kurzer Zeit besaßen wir ein kleines Haus auf dem Lande. Wir hatten es uns im letzten Jahr gekauft. Ray, mein Ehemann, arbeitete in der Stadt als Rechtsanwalt. Und es gab Tage, an welchen er nicht nach Hause kam. Er musste sich mit Klienten treffen und sehr viel recherchieren. Da wir uns noch im Aufbau unserer jungen Familie befanden, musste er jedes Mandat annehmen. Wir brauchten einfach das Geld! Ich war im vierten Monat schwanger und saß oft allein zu Hause. Doch ich genoss den herrlichen Ausblick auf den Wald gleich hinter dem Haus. An jenem verhängnisvollen Sommerabend saß ich noch lange auf der Terrasse unseres Hauses. Seit geraumer Zeit las ich in einer alten Bibel, welche ich von meiner Großmutter zum letzten Weihnachtsfest geschenkt bekam. Irgendwann musste ich eingeschlafen sein. Jedenfalls wurde ich von lautem Donnergrollen eines nahenden Gewitters geweckt. Irgendwie musste die Bibel heruntergefallen sein. Ich hatte sie jedenfalls nicht mehr in der Hand und dachte wegen des Gewitters auch nicht daran, sie zu suchen. Todmüde ging ich ins Haus und vergaß vermutlich, hinter mir die Terrassentür zu schließen. Das Telefon klingelte und Ray war dran. Er meinte nur, dass er auch an diesem Abend nicht nach Hause kommen könnte. So blieb ich also wieder einmal mutterseelenallein zu Haus. Unterdessen war das Gewitter sehr nahe und die grellen Blitze erzeugten sekundenlang merkwürdige Schatten im Zimmer. Plötzlich fiel das Licht aus und mein Telefongespräch mit Ray wurde unterbrochen. Nun war ich also auch noch von der Außenwelt abgeschnitten. Nachdem ich mir noch etwas zu trinken aus der Küche geholt hatte, ging ich nach oben ins Schlafzimmer. Trotz des Gewitters musste ich schnell eingeschlafen sein, jedenfalls wurde ich von einem lauten Knall regelrecht aus dem Bett geworfen. Es hörte sich an, als sei eine Tür vom Wind zugeworfen worden. Oder war es etwas ganz anderes, ein Schuss vielleicht? Ich fuhr hoch und knipste an meiner Nachttischlampe herum. Doch der Strom war noch immer nicht da. Neben meinem Bett hatte ich eine kleine Taschenlampe für Notfälle postiert. Und jetzt war ein Notfall! In mir kroch die Angst hoch – die Angst um mich und um mein ungeborenes Kind. Ich nahm die Taschenlampe und ging hinunter ins untere Stockwerk, wo sich das Wohnzimmer und die Wirtschaftsräume befanden. Aber da war nichts. Lediglich der Wind bewegte die offenstehende Terrassentür auf und zu und erzeugte dabei diese merkwürdigen Geräusche. Erleichtert wollte ich wieder nach oben, um mich ins Bett legen. Da knallte es erneut – diesmal jedoch schien es ganz nah und sehr laut zu sein. Plötzlich überschlugen sich die Ereignisse. Ich stand noch auf der Treppe, da bemerkte ich, wie ein Schatten von der Terrassentür zur Küche huschte. Und schlagartig wurde mir klar: ein Einbrecher musste im Haus sein! Wie angewurzelt verharrte ich auf der Treppe und schaltete die Taschenlampe ab. Ich wagte nicht einmal Luft zu holen. Doch irgendwann musste ich weiter gehen. Der Einbrecher durfte mich nicht zu fassen bekommen. Ich wagte nicht, mir vorzustellen, was er tun würde, wenn er mich entdeckte. Besorgt strich ich mit der Hand über meinen Bauch. Ich dachte in diesem Moment nur an eines, an mein Kind! Glücklicherweise war es eine Stahltreppe, auf der ich stand, so konnte sie wenigstens nicht knarren. Aber mein Pech schien in dieser Nacht nicht mehr enden zu wollen. Ich stieß mit der Lampe an das Metallgeländer! Das dabei verursachte Geräusch war laut genug, um den Einbrecher auf mich aufmerksam werden zu lassen. Blitzschnell kam er aus der Küche gerannt und stand bewegungslos vor der Treppe. Zu allem Unglück kam auch noch der Strom wieder und das Licht im Haus schaltete sich ein. Nun konnte ich nur noch beten. Der Einbrecher hatte einen schwarzen Strumpf über sein Gesicht gezogen und einen Revolver in der Hand. Damit fuchtelte er wild in der Luft herum. So schnell es mir möglich war, rannte ich die Treppe nach oben, geradewegs ins Schlafzimmer hinein. Ein Schuss fiel, traf mich aber nicht. Hinter mir schloss ich ab und wartete. Ich durfte mich keinesfalls zu sehr aufregen, doch die Angst lähmte meinen gesamten Körper. Was, wenn der Einbrecher die Tür aufbrach? Was, wenn ich mein Kind durch den Schock verlor? Nein, so weit durfte es niemals kommen! Irgendeine Gerechtigkeit musste es doch geben. Wieder fiel ein Schuss, ihm folgte ein lauter Schrei! Dann wurde es schlagartig ruhig. Was war geschehen? Hätte der Einbrecher nicht längst hier oben sein müssen. Bange Minuten vergingen, in denen ich nicht wagte, die Tür wieder aufzuschließen, um nach dem Rechten zu schauen. Die Stille im Haus war unerträglich. Ich zitterte am ganzen Leibe. Mein Blick fiel zum Wecker auf dem Nachttisch, er zeigte *„Viertel Zwei"*. Plötzlich vernahm ich erneut ein Geräusch, es hörte sich an, als würden Schlüssel klappern. Das musste Ray sein! Oh mein Gott, endlich! Ich musste ihn unbedingt warnen. Hastig schloss ich die Tür auf und rannte zur Treppe. Es war tatsächlich Ray. Sprachlos und wie vom Schlag gerührt stand er in der Diele. Und auch ich blieb entsetzt stehen. Vor der Treppe lag der Einbrecher und rührte sich nicht mehr. Allerdings wimmerte und stöhnte er leise vor sich hin. Vermutlich war er gestolpert und mit dem Kopf auf das Treppengeländer gefallen. Dabei wurde er wohl bewusstlos. Ray erfasste sofort die Gunst der Stunde. In Windeseile holte er einen Strick aus der Küche und fesselte damit den Einbrecher. Unterdessen rief ich die Polizei. Die Beamten kamen schnell und der Einbrecher konnte festgenommen werden. Es stellte sich heraus, dass es sich bei dem vermeintlichen Einbrecher um einen lang gesuchten Mörder handelte. Er hatte bereits eine Frau in einem benachbarten Ort überfallen und getötet. Mir fiel ein Stein vom Herzen. Offensichtlich war ich noch einmal mit meinem Leben davongekommen. Glücklich fiel ich Ray in die Arme. Vorsichtig streichelte er meinen Bauch. Und plötzlich sah ich auch meine alte Bibel. Sie lag neben der Treppe. Genau dort, wo wir den Einbrecher fanden. Nachdenklich schaute ich auf das Foto meiner Großmutter, welches an der Wand neben der Treppe hing. Darauf schien sie so seltsam zu lächeln und mir zu zuzwinkern. Bei der Rekonstruktion des Falles wurde herausgefunden, dass der Einbrecher über die Bibel gestolpert war. Ich war mir jedoch sicher, am Nachmittag auf der Terrasse in der Bibel gelesen zu haben. Und zwar ziemlich genau auch eine Textstelle in einem der zehn Gebote:

„Du sollst nicht töten"

Der Weihnachtsengel

Kurz vor Weihnachten hatte Ralfs Schulklasse eine kleine Ausfahrt geplant. Es sollte in den Harz gehen, wo man sich die wunderschöne Stadt Wernigerode anschauen wollte. Auch der Besuch eines Gottesdienstes war geplant. Dazu wurde ein Bus organisiert. Am 22. Dezember, in den frühen Morgenstunden ging es los. Siebzehn Schüler fuhren mit und alle freuten sich gleichermaßen auf die Tour. Die Eltern hatten den Kindern prall gefüllte Rucksäcke für die Reise mitgegeben und nun standen alle am vereinbarten Ort, um sich zu verabschieden. Es war ein großes Hallo, als sich die Kinder trafen und ein noch größeres, als endlich der Bus anrollte. Die Kinder stiegen ein und die Reise begann. Weil es ziemlich kalt war, hatte der Busfahrer die Heizung so richtig aufgedreht. Einer nach dem anderen zog sich seine Jacke aus. Bis zur ersten Rast spielte auch das Wetter mit. Die Sonne strahlte vom Himmel und die Autobahn war vom Schnee beräumt. Alles klappte hervorragend und alle freuten sich schon auf Wernigerode. Ralf saß neben Uwe, seinem Schulfreund. Die beiden hatten sich immer eine Menge zu erzählen. Vor allem Ralf, denn sein kleines Schwesterchen, welches andauernd im Mittelpunkt stehen wollte, nervte ihn damit, den Weihnachtsmann sehen zu wollen. Dabei glaubte Ralf schon lange nicht mehr an ihn, denn der Weihnachtsmann war immer der Papa. Auf dem

Rastplatz gabs erst einmal ein ordentliches Frühstück. Heiße Würstchen mit Limonade. Aber auch Schokoriegel hatte der Busfahrer mit an Bord. Der heiße Tee der Eltern blieb in den Thermoskannen. Frisch gestärkt gings endlich weiter. Plötzlich verschlechterte sich das Wetter. Es begann heftig zu stürmen und zu schneien und die Fahrbahn, die in der kurzen Zeit natürlich nicht geräumt werden konnte, verwandelte sich in eine gefährliche Rutschbahn. Der Busfahrer kam nicht mehr dazu, den Bus so schnell abzubremsen. Mit immer noch viel zu hohem Tempo fuhr er in den Schnee und der Bus begann beängstigend auf der Fahrbahn zu schlingern. Noch versuchte der Fahrer gegenzulenken. Vielleicht ließ sich das tonnenschwere Gefährt ja irgendwie stabilisieren. Er bremste nicht, weil das den Bus erst recht ins Trudeln bringen würde. Sicherheitshalber hatte er den Fuß vom Gas genommen. Doch all diese Maßnahmen, wie auch die Sicherheitstechnik im Bus reichten nicht mehr aus. Gespenstische Stille breitete sich unter den jungen Fahrgästen aus. Einige schauten sich nur an, andere starrten wie vom Schlag gerührt hinaus auf die verschneite Fahrbahn. Keiner sprach auch nur ein einziges Wort. Auch Ralf und Uwe klebten in ihren Sitzen und hielten sich verkrampft an den Sitzlehnen fest. Das Hin und Herschaukeln des Busses wurde immer heftiger und bedrohlicher. Schon flogen einige Rucksäcke wie Geschosse durch den Bus. Glücklicherweise trafen sie keinen der Fahrgäste. Schließlich durchbrach das Fahrzeug die Mittelleitplanken, schaukelte aber sofort wieder quer über die Fahrbahn auf die andere Seite und raste über die Standspur hinaus. Ein greller Blitz zuckte an den Fenstern vorbei und ließ den Bus erzittern. Alle rechneten bereits mit dem Schlimmsten. Plötzlich wurde die Fahrt merklich langsamer und nach einem heftigen Stoß kam der Bus kurz vor einem Waldstück schließlich zum Stehen. Doch was war das- wo blieb der Fahrer? Der Sitz hinter dem Lenkrad war leer! Stattdessen öffnete sich die vordere Tür und ein Mann in einem roten Weihnachtsmannkostüm stieg zu. Die vollkommen verängstigten Kinder konnten noch immer nicht sprechen. Stumm krallten sich alle an ihren Sitzen fest. „Na, sind alle noch heil geblieben", rief der Fremde laut. Die Kinder wussten nicht, was sie davon halten sollten. Noch immer saß ihnen der Schreck in den Gliedern. Einigen war schlecht geworden und wollten aussteigen. Doch der Fremde meinte nur mit lustiger Stimme: „Ich sehe, Euch geht's gut. Das ist doch schon mal was. Und aussteigen könnt ihr gleich. Es muss nur noch etwas geregelt werden, dann lasse ich Euch alle raus. Zieht Euch aber warm an, denn draußen ist es kalt. Habt Ihr alle eine Jacke dabei?" Die Kinder wurden langsam etwas ruhiger und fanden auch ihre Sprache wieder. „Ja", riefen alle wild durcheinander. „Da bin ich ja beruhigt. Draußen gibt's gleich heißen Tee. Und ansonsten wünsche ich Euch und Euren Familien trotz alledem recht Frohe Weihnachten." Ralf schaute neugierig aus dem Fenster. Aber er konnte nirgends jemanden entdecken. Und erst jetzt bemerkte er, dass auch die Autobahn vollkommen verlassen schien. Kein einziges Fahrzeug war zu sehen. Eben noch rasten doch dutzende Autos vorbei. Wo waren die alle geblieben? Im Schnee stecken geblieben? Aber dann müssten sie doch zu sehen sein! Ralf wusste nicht, was er dazu sagen sollte. Er schaute zu dem seltsamen Weihnachtsmann, der im Gang stand und sich mit den Kindern unterhielt. Dann schaute er zur leergefegten Autobahn hinüber. Auch der Schneesturm hatte aufgehört. Die Sonne schien, als sei nichts geschehen. Und wo blieb eigentlich der Fahrer? Unmöglich konnte der Bus ohne Fahrer unterwegs gewesen sein, oder? Als der Fremde neben ihm im Gang stand, erkundigte sich Ralf nach dem Fahrer. Der Fremde schaute Ralf plötzlich so merkwürdig traurig an und sagte dann leise: „Glaub mir Ralf, dem geht es gut. Es lohnt sich nicht, dass Du Angst um ihn hast. Wichtig ist nur, dass es Euch allen hier gut geht. Nur das zählt im Moment." Hatte dieser obskure Weihnachtsmann da etwa seinen Namen genannt. Ralf erschien das Verhalten des Fremden immer seltsamer. Er fragte ihn, woher er seinen Namen wüsste. Doch der Fremde lachte nur und meinte dann, dass der Weihnachtsmann alles wüsste, sonst wäre er ja nicht der Weihnachtsmann. Aus seinen großen Manteltaschen holte er plötzlich unzählige Zimtsterne heraus. Sie waren sehr groß, viel größer als die,

die man in den Läden kaufen konnte. Er verteilte die Zimtsterne unter den Kindern, die sich sogleich gierig darüber hermachten. Der Unfall und der fehlende Fahrer schienen beinahe vergessen. Nach ein paar Minuten rief der Fremde, dass nun alle aussteigen müssten. Die Kinder befolgten seine Anweisungen. Draußen sollten sie sich vor den angrenzenden Wald stellen und warten. Hilfe sei schon unterwegs. Und der heiße Tee auch. Dann sagte er noch: „Fürchtet Euch nicht. Alles wird gut. Immer. Wichtig ist nur das Leben, mehr nicht." Bei diesen letzten Worten schlug er ein Kreuz vor den Kindern und verschwand urplötzlich zwischen den Bäumen des Waldes. Kaum war er verschwunden, setzte ein heftiges Schneegestöber ein. Der Sturm kehrte zurück und peitschte die eiskalten Flocken auf die roten Wangen der Kindergesichter. Und auf der nahen Autobahn kroch eine endlose Autokarawane vorbei. Außerdem wurde es dunkler und dunkler. Doch was war das? Ihr Bus, aus welchem sie eben noch ausgestiegen waren, lag zerbeult und vollkommen zerstört auf der Seite. Aus einigen Fenstern schlugen meterhohe Flammen und dicker Rauch. Ängstlich standen die Kinder am Waldrand und konnten nicht glauben, welch schreckliches Bild sich ihnen bot. Ralf zitterte vor Kälte und vor Angst. Er hatte in diesem Moment so unendlich viele Fragen. Wie war es möglich, dass keiner von dem Brand etwas mitbekommen hatte? Und wie war es möglich, dass alle diesen furchtbaren Unfall überlebt hatten? Aus der Ferne vernahmen sie das Geheul von Polizeisirenen. Endlich kam Hilfe. Die Kinder wurden noch vor Ort von Notärzten untersucht. Man hüllte sie in warme Decken und gab ihnen heißen Tee. Es stellte sich heraus, dass sie völlig gesund und unversehrt waren. Nicht einmal ein Knochenbruch wurde festgestellt, gar nichts! Nur ihre Rucksäcke waren im Feuer verbrannt. Für den Busfahrer allerdings kam jede Hilfe zu spät. Als der Bus gegen die Leitplanke stieß und sich daraufhin überschlug, wurde er aus dem Fahrzeug geschleudert. Ralf berichtete einem Polizeibeamten von den rätselhaften Erlebnissen. Auch von dem seltsamen Weihnachtsmann und den großen Zimtsternen sprach er. Doch der Beamte schaute ihn nur misstrauisch an. Als auch die anderen Kinder von diesem merkwürdigen Erlebnis berichteten, wurden die Beamten sehr nachdenklich. Doch es überwiegte die Freude. Froh und glücklich konnten die Eltern ihre Kinder wieder in ihre Arme schließen. Am Heiligen Abend hatte man alle Kinder und deren Eltern zu einem Gottesdienst in die Kirche eingeladen. Alle waren gekommen. Und als Ralf, der auch Schülersprecher war, am Mikrofon einige Worte des Dankes an die Retter richtete, sah er unter den vielen Menschen, die auf den alten Holzbänken saßen, einen Weihnachtsmann. Der saß neben Ralfs kleiner Schwester und beide knabberten ungestört an riesengroßen Zimtsternen herum. Ralf wiederholte die Worte, welche der Weihnachtsmann aus dem Bus zu ihnen sprach: „Fürchtet Euch nicht. Alles wird gut. Immer. Wichtig ist nur das Leben, mehr nicht." Als er geendet hatte und wieder in die Menschenmenge schaute, war der Weihnachtsmann verschwunden. Nur ein silberner Nebelschleier flog durch das große Kirchentor hinaus bis in den sternenübersäten Himmel. Und wie von selbst begann die Orgel ein Lied zu spielen: *Stille Nacht – Heilige Nacht*. Und Ralf war es, als ob er in dem silbernen Streif zwei leuchtende weiße Flügel gesehen hätte.

Das Tattoo

Seit einigen Monaten versuchte sich Ulf als Tätowierer. Dazu hatte er sich in einem herunter gekommen Stadtviertel ein kleines Studio eingerichtet. Dort war die Ladenmiete niedrig und er konnte seiner Fantasie freien Lauf lassen. Allerdings schien sich die Kundschaft wohl doch mehr auf bekanntere Studios in der Stadt zu beschränken. Nur selten kam jemand zu ihm in den Laden und wenn doch, wollten sie wenig zahlen. Dennoch war das Tätowieren genau das, was er immer wollte. Etwas anderes kam für ihn nie in Frage. Allein schon die unzähligen, sehr beeindruckenden Motive, die sich kunstvoll auf die Haut projizieren ließen, gaben ihm jeden Tag neuen Ansporn, weiter zu machen. Da kaum ein Kunde zu ihm kam, musste er sich etwas Werbewirksames einfallen lassen. Doch mehr als eigene neue Ideen für kreative Tattoos fielen ihm nicht ein. Zugkräftige Werbeplakate und die entsprechende Werbung in Zeitschriften und einschlägigen Magazinen konnte er sich nicht leisten. Es half nichts, vorerst musste er sich auf das Verteilen von eigens am PC hergestellten Werbezetteln begnügen. Eines Tages kam ein recht unangenehm erscheinender Kunde in sein Studio, der den Wunsch hatte, sich ein sehr ausgefallenes Tattoo stechen zu lassen. Er wollte ein richtig aggressives Abbild des Todes auf seinem Rücken haben. Ulf zeigte ihm einige besonders furchteinflößende Applikationen, die sich hervorragend eignen würden. Doch der Kunde war mit keinem Tattoo zufrieden. Sie waren ihm allesamt nicht aggressiv und böse genug. So zeichnete Ulf ihm ein völlig neues, welches einfach nur zum Fürchten aussah. Der Kunde schien einverstanden und Ulf begann, das Tattoo zu stechen. Schon bei der Arbeit bemerkte er, dass das Areal rund um die Tätowierung merkwürdig zu leuchten begann. Dabei hatte er gar keine Leuchteffekte in sein Bild eingebaut. Er fragte den Kunden, ob es ihn stören würde, wenn das Tattoo ein wenig leuchtete. Der schaute sehr misstrauisch zu Ulf und bat ihn nachdrücklich, das Tattoo, ohne diesen seltsamen Effekt aufzubringen. Doch so sehr sich Ulf auch mühte, die Tätowierung leuchtete und schien sich regelrecht in die Haut des Kunden einzubrennen. Und das Schlimmste war, dass Ulf das Tattoo nicht mehr entfernen konnte. Es breitete sich über den gesamten Rücken des Kunden aus und ähnelte eher einem Brandzeichen als einem kreativen Kunstwerk. Der Kunde war außer sich vor Wut. Er schrie in Ulfs Studio herum und drohte ihm, dass er ihn fertig machen würde. Er würde ihn in allen Zeitungen bloßstellen! Vergeblich blieben Ulfs Versuche, den Kunden zu beruhigen. Das gruselige Tattoo, welches riesige Totenköpfe, diverse umgedrehte Kreuze und hässliche Satansbilder darstellte, begann schließlich zu qualmen. Gleichzeitig schmerzte es und brannte auf der Haut des Kunden wie Feuer. Ulf musste einen Arzt rufen. Als der kam, geschah etwas noch viel Merkwürdigeres. Neben der Tätowierung erschienen plötzlich Buchstaben: zuerst ein H, dann ein A, immer mehr Buchstaben formierten sich auf der Haut. Vor Wut ging der Kunde mit geballten Fäusten auf Ulf los. Nur der Arzt konnte ihn noch zurückhalten. Er war derart aggressiv und aufgebracht, dass Ulf schon dachte, das bösartige Tattoo hätte sich auch in die Seele des Kunden eingebrannt. Doch plötzlich wurde der Kunde mucksmäuschenstill! Geschockt stand er vorm Spiegel und starrte auf die Worte, die sich unter seinem furchterregenden Tattoo gebildet hatten. Da stand in großer Schrift zu lesen: „Haltet den Mörder! Er hat sie umgebracht!" Als der Kunde das las, hatte er es mit einem Male sehr eilig. Blitzschnell zog er sich sein Hemd über und wollte gehen. Doch Ulf wurde misstrauisch. Was hatte das zu bedeuten? Wo kam die Schrift so plötzlich her? Und warum erschien ausgerechnet ein solcher Satz? Hatte der unbequeme Kunde etwa etwas auf dem Kerbholz? Er gab dem Arzt ein Zeichen, dass er den Kunden aufhalten möge. Dann rief er die Polizei! Es stellte sich heraus, dass es sich bei dem vermeintlichen Kunden um einen gesuchten Häftling handelte, der in der vergangenen Nacht aus einem Gefängnis ausgebrochen war. Bei seiner Flucht brach er in ein Einfamilienhaus ein und stahl einen größeren Geldbetrag aus einer herumstehenden Kassette. Als er von der Eigentümerin erwischt wurde, brachte er sie um. Schließlich kam er in Ulfs Studio, wo er sich für das geraubte Geld ein Tattoo stechen lassen wollte. Woher allerdings die merkwürdige Schrift kam, ließ sich nicht herausfinden. Der Verbrecher wurde wieder in die Haftanstalt gebracht. Dort erwartete ihn ein neuer Prozess. Das Tattoo jedoch verschwand und tauchte nie wieder auf. Ulf hingegen konnte sich plötzlich über mangelnden Zulauf nicht mehr beklagen. Alle wollten wissen, wer der geheimnisvolle Tätowierer war, der solche mysteriösen Tattoos stach. In kurzer Zeit erwirtschaftete er einen derartig hohen Umsatz, dass er wegen des Kundenansturmes schon bald ein größeres Studio anmieten musste. Wochen später erschien eine sehr schweigsame, merkwürdig gekleidete Kundin. Sie trug ein langes weißes Kleid und wollte sich ein Engels- Tattoo stechen lassen. Da Ulf keine passende Vorlage hatte, die der Kundin gefiel, zeichnete er selbst ein wunderschönes, süßes Engelchen. Es gefiel der Kundin derart, dass er sofort mit der Arbeit beginnen musste. Als Ulf die Tätowierung fertig gestellt hatte, begann diese plötzlich hell zu leuchten und unter dem Tattoo formten sich wie von Geisterhand geschrieben die seltsamen Worte: *„Du bist ein Engel"*

Magische Brücke

Nach all den Misserfolgen in seinem Leben, lag Frederik nun im Sterben. Er lebte einst in einem großen Hause am Stadtrand von Liverpool und hatte dort sogar sein eigenes Personal. Immer war er gut zu den Menschen. Doch sein Schreinereibetrieb kam in die roten Zahlen. Zunächst musste er nur wenige Arbeiter entlassen. Doch irgendwann konnte er nicht einmal mehr das übrig gebliebene Personal bezahlen. Die Insolvenz kam und Frederik verlor seine Firma. Als ihn dann auch noch seine Frau verließ, verlor er völlig den Halt. Die Schulden wuchsen ins Unermessliche und er begann zu trinken. Schließlich kam das Unvermeidliche, er musste sein Haus, welches auch sein geliebtes Elternhaus war, verkaufen. Diesen Verlust verschmerzte er nicht mehr. Mit seinen wenigen Habseligkeiten und einem Beutel, in welchem sich viele alte Fotos aus besseren Tagen befanden, schlug er sein Lager unter einer kleinen Brücke auf. Der Winter zog ins Land und damit auch bittere Kälte. Sie zog in sein Herz wie auch die Einsamkeit, die lange schon seine Seele erfror. Er hatte keine Freunde, nur einen einsamen alten Bettler, der immer dann zu ihm kam, wenn es ihm schlecht ging. Und das war gerade in den letzten Monaten sehr oft der Fall. Frederik lag auf einem Bett aus Stroh und hustete. Eine Krankenversicherung hatte er nicht mehr. So traute er sich zu keinem Arzt. Die Krankheit wurde immer schlimmer und der alte Bettler betete jeden Abend und jeden Morgen für Frederiks Leben. Aber alles Beten schien umsonst. In der eisigen Nacht vor Weihnachten schloss Frederik für immer seine Augen. Der Bettler wachte die ganze Zeit an seiner Seite und hielt seine Hand. Als Frederik seinen letzten Atemzug tat, schaute der Bettler zum Himmel. Und er wusste, dass es Frederik nun besser gehen würde als auf Erden. Er bat um Gottes Beistand und um ein letztes Lied. Leise hob er zu singen an und alsbald erschien eine samtig zarte weiße Wolke, die sanft vom Himmel herniederschwebte. Dem Bettler liefen Tränen übers Gesicht, doch er sang mit zittriger Stimme weiter. Aus dem Nebel formte sich ein Chor in weißen Gewändern. Es waren wohl Engel mit einem lieblichen Gesange, die ein wunderschönes Weihnachtslied sangen. Und wie von Geisterhand erhob sich der Leichnam in die Lüfte und schwebte alsbald in den geheimnisvollen klaren Himmel dieser wundervollen Nacht. Er entschwand in der unbegreiflichen Unendlichkeit. Nur seine Fotos blieben auf Erden zurück. Und der Bettler sang noch immer zusammen mit den fünf Engeln. Alle trugen Gottes Segen in ihren Herzen. Und diese unfassbare Seligkeit ergriff den einsamen Ort unter der kleinen Brücke. Es schien, als sei Frederik noch immer hier. So erfüllt war dieser heilige Ort von ihm. Ja, solche Orte sind überall, wo Liebe und wo Engel sind. Der Choral endete und flog zurück in jene weiße Wolke, die wie ein Traum, wie eine Hoffnung ebenfalls gen Himmel schwebte. So sollte es sein. Und der Bettler erhob sich und zog fort. Die Fotos nahm er mit. Und als erneut ein armer Sünder unter jener Brücke starb, kam er zurück. Er sah den Armen leiden und gab ihm all die Fotos in die Hand. Und er begann zu sprechen: „Fürchte Dich nicht. Du wirst leben. Wenn nicht auf Erden, so im Himmel. Du musst nur ganz fest daran glauben." Und der Arme starb und der Bettler sang, so wie bei Frederik, der lang schon fort. Und wieder kehrte aus dem Himmel die weiße Wolke zu dem Armen hin. Der Bettler sang dies alte Weihnachtslied, und einer Odyssee gleich kehrte Leben an den Ort zurück. Die Seele des Armen jedoch ging zum Himmel fort. Der Bettler zog weiter. Und niemand kannte ihn oder wusste, wo er hingegangen war. Selbst die kleine Brücke fand man nicht. Sie war nach jedem Tode verschwunden. Doch wenn jemand Obhut und ein Obdach suchte, war sie plötzlich wieder da und gab Trost und Sicherheit. Denn es war nicht irgendeine Brücke. Es war die Brücke, die all die armen Seelen in den Himmel führte.

Spritztour

Endlich konnte ich mir meinen lang gehegten Wunsch erfüllen: Kurz vor dem Osterfest kaufte ich mir ein nagelneues Fahrzeug, ein Quad! Jeden Tag lief ich an dem Geschäft vorbei, in welchem es stand. Und dann bestaunte ich es und sparte und sparte und sparte. Nun gehörte es endlich mir. Chrom glänzend und verlockend stand es vor mir. Lange betrachtete ich es bevor ich aufstieg. Doch schließlich hielt ich es nicht mehr aus und wollte eine kleine Spritztour wagen. Das Wetter war wunderbar und kein Wölkchen war am Himmel zu sehen. Vorsichtig stieg ich auf. Ich wollte diesen Moment so richtig auskosten. Eine Weile blieb ich noch stehen, betrachtete meine winzige Welt von dieser leicht erhöhten Perspektive. Hier im Hühnerstall, wo ich das Gefährt vorübergehend unterstellen musste, weil es an Platz mangelte, war ich nun der King. Die Hühner gackerten laut durcheinander und der Hahn signalisierte mir recht nachdrücklich, doch endlich los zu fahren. Ich startete und rollte langsam aus dem Stall hinaus auf die Straße. Der Motor grollte und grummelte vor sich hin und wartete vermutlich schon gierig darauf, endlich so richtig aufheulen zu können. Dann brauste ich los. Zuerst durch den kleinen Ort, dann auf den angrenzenden Hügel, bis hin zum Dorfteich. Es war faszinierend, mir den Wind -ordentlich- um die Ohren wehen zu lassen. Ein Hochgenuss! Das Quad nahm beinahe spielend jedes Schlagloch und sprang über die Feldwege wie ein Geländefahrzeug. Es schien ein wahrer Alleskönner zu sein. Doch dabei sollte es nicht bleiben. Ich war so richtig in Fahrt gekommen. Und so wollte ich in den Nachbarort düsen. Natürlich fuhr ich absichtlich etliche Umleitungen. Es gab nur einen Nachteil: auf der Landstraße waren mir etliche Fahrzeuge im Weg! Sie trödelten vor mir herum und ließen mich einfach nicht vorbei. Irgendwann hatte ich aber doch alle überholt und musste meine Raserei abrupt unterbrechen, weil ein großer Bus minutenlang vor mir her brummte. Doch dann geschah etwas Seltsames: wie von Geisterhand gab das Quad plötzlich Gas! Zunächst freute ich mich noch über das plötzliche Tempo, weil ich auf diese Weise schnell an dem Bus vorbeikam. Doch dann bemerkte ich entsetzt, dass es sich einfach nicht mehr steuern ließ. Es raste an dem Bus vorbei, stellte sich urplötzlich quer und blieb mitten auf der Fahrbahn stehen. Der Bus kam heran und musste anhalten. Hinter dem Bus hielt notgedrungen die Autoschlange, die ich bereits überholt hatte. Es begann ein lautes Geschimpfe und Gehupe. Der Busfahrer stieg aus und machte seinem Ärger Luft! Er schimpfte auf mich und auf das viel zu schnelle Quad! Plötzlich begann der Erdboden zu vibrieren. Es rüttelte derart, dass der Bus und die übrigen Fahrzeuge gefährlich hin- und her geschoben wurden. Schließlich krachte es noch einmal laut, dann wurde es still. Alle schauten sich erschrocken an, was war das?

Die Antwort lag wenige Meter vor dem Bus. Wie aus dem Nichts hatte es einen Erdrutsch gegeben. Dabei war eine Brücke vor uns eingestürzt. Vor uns gähnte nun ein tiefer Abgrund. Wäre das Quad nicht quer auf der Straße stehen geblieben, wäre der Bus sowie alle nachfolgenden Fahrzeuge zwangsläufig in die Schlucht gestürzt. Der Busfahrer und die Fahrgäste des Busses starrten abwechselnd in den Abgrund und dann zu mir herüber. Vor Rührung ergriff der Fahrer meine Hand und schüttelte sie. Dabei rief er immer wieder: „Vielen Dank, dass Sie mich gewarnt haben. Nicht auszudenken, wenn wir weiter gefahren wären." Auch die anderen Autofahrer riefen wild durcheinander ein lautes Dankeschön. Das rätselhafteste aber war, dass uns während der Katastrophe nichts entgegengekommen war. Die Fahrzeuge, die auf der anderen Spur fuhren, wären ja ebenfalls in die Schlucht gestürzt. Die später eintreffende Polizei, die das gesamte Gelände absperrte, teilte mir mit, dass unter der Straße eine alte, bis dahin unbekannte Tropfsteinhöhle eingestürzt sei. Dabei bebte die Erde derartig, dass die Brücke ins Wanken kam und zusammenbrach. Allerdings war es kurios, dass zwei Quads rechtzeitig den Verkehr anhielten. Ich starrte den Polizisten verständnislos an – zwei Quads? Er erklärte mir, dass auch auf der entgegenkommenden Fahrspur ein Quad unterwegs war. Es stand ebenfalls quer auf der Fahrbahn und ließ die Fahrzeuge nicht vorbei. Ich konnte nicht glauben, was ich da hörte. Sollte das tatsächlich ein Zufall gewesen sein? Natürlich wollte ich den Quad-Fahrer genauer kennenlernen. Es stellte sich heraus, dass es der Eigentümer des Geschäftes war, in welchem ich das Quad erstanden hatte. Und es wurde noch viel verrückter. Der Geschäftsinhaber hatte nicht aus freien Stücken seine Tour mit dem Quad unternommen. Nein! In seiner Freizeit beschäftigte er sich mit Hellsehen!

Das Loch

Das nicht enden wollende Klingeln bedeutete nichts Gutes. Sabine ging zur Tür und öffnete. Draußen im Treppenhaus stand der Gerichtsvollzieher und zog ein ernstes Gesicht. Er fragte nach ihrem Namen und ob sie die fällige Summe nun endlich zahlen könnte. Sabine zuckte mit ihren Schultern, natürlich konnte sie es nicht. Gerade erst hatte sie ihren Job als Kellnerin verloren. Und der Kredit für den neuen Kinderwagen drückte bedenklich in der schmalen Haushaltskasse. So kam es wie es kommen musste. Der Gerichtsvollzieher klebte auf die wenigen Stücke, die noch pfändbar waren, seinen Kuckuck. Ach, das alte klapprige Auto war dran. Nun besaß sie gar nichts mehr. Und aus der winzigen Altbauwohnung musste sie auch noch raus. Auf dem Tisch lag neben unzähligen Mahnschreiben auch die Räumungsklage. Denn die Miete war einfach nicht mehr drin. Ihr kleiner Sohn lag in seinem Bettchen und schrie. Da brach sie weinend zusammen. Wie sollte es nur weiter gehen? Was sollte aus dem Kleinen werden, wenn sie keine Chance mehr in ihrem Leben erhielt? Und warum nur kam das Glück nicht auch einmal zu ihr? Sie wusste es nicht, und trotzdem sie ihre Hände zum Gottesgruß faltete, kam doch keine Antwort zu ihr herab. Schlimme Gedanken flogen ihr durchs Hirn. Sie versuchte, all diese Dinge zu verdrängen. Doch es half nichts. Sie musste allein zusehen, wie sie da rauskam. Mit zittrigen Händen bereitete sie einen Obst-Brei für den Kleinen zu. Dann schaute sie hinüber zum Küchenfenster. Sie musste unbedingt anfangen zu packen. Und zwar noch bevor sie der Gerichtsvollzieher auf die Straße setzte. Doch wo sollten sie und der Kleine dann bleiben? Ihre Mutter war lange schon tot und der Vater lebte mit seiner Freundin irgendwo in der Stadt und hatte selbst nichts. Also blieb nur noch das Obdachlosenheim. Sie nahm den Teller mit dem Obst-Brei und ging ins Wohnzimmer zu ihrem Sohn. Der Kleine hatte sich wieder beruhigt, schlief tief und fest. Sollte sie ihn wecken? Nein, später vielleicht. Lange betrachtete sie ihn. Wie friedlich er da lag, mein kleiner Sohn. Ein Lächeln huschte über ihr Gesicht, erstarrte aber sofort wieder zu einer traurigen Mine. Gerade wollte sie den Löffel in den Teller zurücklegen, da entglitt er ihr und fiel auf den Fußboden. Der Brei verursachte einen hässlichen Fleck auf der Auslegeware. Sabine hob den Löffel auf und versuchte, den Fleck mit den Händen ein wenig weg zu wischen. Dabei tastete sie in eine kleine Vertiefung, ein Loch? Es musste unter der Auslegeware sein. Komisch, dass sie es nie bemerkt hatte. Mehrmals tastete sie über die Stelle, doch sie täuschte sich nicht. Mit den Fingern klopfte sie den Boden rund um das vermeintliche Loch ab. Es hörte sich irgendwie hohl an, beinahe so, als sei ein kleiner Hohlraum darunter versteckt. Ein Geheimfach vielleicht? Sabine setzte sich auf den Teppichboden und überlegte. Sollte sie den Teppich aufschlitzen, um nachzusehen, was da war? Und was, wenn die Hausverwaltung den Schlitz bemerkte. Egal, wenn sie ohnehin bald raus musste, dann konnte sie auch keinen neuen Teppichboden kaufen. Sie stand auf, holte sich ein kleines Küchenmesser und begann, den Teppich so vorsichtig wie möglich aufzuritzen. Nur schwer ließ sich das Messer in der starren Auslegeware bewegen. Sabine brauchte ihre ganze Kraft, um den Schnitt halbwegs sauber zu ziehen. Als sie das Loch freigelegt hatte, schaute sie es sich genauer an. Es war nicht sehr groß, doch irgendjemand hatte es mit Zeitungspapier zugestopft. Nur schwer ließ sich das Papier aus dem Loch herausziehen. Über die Jahre war es fest mit dem Dielenfußboden zusammengebacken. Als sie es endlich geschafft hatte, bohrte sie mit den Fingern in der Öffnung herum. Dann zog sie einen zusammengefalteten schmutzigen Briefumschlag heraus. Er war schon arg in Mitleidenschaft gezogen und obendrein total zerknittert. Sabine strich ihn glatt und öffnete ihn. Im Inneren verbarg sich ein Schreiben. Sie zog es heraus und las: „Da ich keine Erben und auch keine Nachkommen mehr habe, vermache ich meine gesamten Ersparnisse demjenigen, der diesen Umschlag findet. Ich will unter keinen Umständen, dass es meiner gierigen Schwester Ina und ihrer nimmersatten Familie in die Hände fällt. Soll demjenigen, der den Brief findet, Glück beschieden sein. Meine Bankkarte liegt hier mit drin. Morgen muss ich ins Krankernhaus und werde wohl nie mehr hierher zurückkehren. Dem Finder aber wünsche ich alles erdenklich Gute, Kurt Schmidt." Sabine konnte es nicht glauben. Wieder und wieder las sie die Zeilen. Doch es war kein Irrtum. Völlig aufgelöst schaute sie noch einmal in den Briefumschlag und entdeckte die Bankkarte. Das konnte doch unmöglich sein. Sollte sie tatsächlich diejenige sein, welche das Ersparte von diesem Kurt Schmidt bekam? Und gab es überhaupt dieses Ersparte? War das alles vielleicht nur ein riesengroßer Bluff? Und wer war eigentlich dieser Kurt Schmidt? Irritiert nahm sie den Brief und die Bankkarte an sich. Am folgenden Tag ging sie schon sehr früh zur Bank. Dort erfuhr sie, dass es dieses Konto tatsächlich gab. Ein Duplikat des Schreibens, welches Sabine in ihren Händen hielt, hatte dieser Herr Schmidt auch bei der Bank hinterlegt. Doch Sabine erfuhr noch mehr: Kurt Schmidt lebte früher allein in der kleinen Wohnung von Sabine. Da er als arm galt, wollte seine Familie nichts von ihm wissen. Es gab ja auch nichts zu holen bei ihm. Doch was keiner wusste, er war ein sehr sparsamer Mann, der jeden Groschen aufs Sparbuch brachte. So kam über die vielen Jahre ein beträchtliches Vermögen zusammen. Genau 250.000 Euro. Leider erkrankte er sehr schwer an Krebs und starb schließlich daran. Zuvor aber hatte er dieses Loch in den Fußboden gesägt, den Brief hineingelegt und den Teppichboden darüber verklebt. So fand niemand seine Botschaft. Sabine jedoch entdeckte das Loch und ihr gehörte nun das gesamte Geld. Auf dem Friedhof ließ sie sich die Grabstelle von Kurt Schmidt zeigen. Es war ein anonymes Grab ohne Stein und ohne Blumen. Sie kaufte ihm eine neue Grabstelle und einen schlichten Stein. Jeden Sonntag kam sie mit ihrem kleinen Sohn und legte einen großen Strauß Blumen dort ab. Sie fühlte sich ihm gegenüber zu großem Dank verpflichtet. Später zog sie mit ihrem Sohn in eine größere Wohnung. Endlich hatten sie genügend Platz zum Leben und der Kleine bekam sein eigenes Zimmer. Denn er war für sie das Wichtigste auf der Welt. Für ihn lohnte es sich, zu leben. Und jeden Abend betete sie zu Gott und dankte ihm und Herrn Schmidt für diese wundervolle Schicksalsfügung. Auch an Herrn Schmidts Geburtstag kam sie wieder zum Friedhof und brachte Blumen. Lange sprach sie am Grabstein zu ihm. Und plötzlich schien es ihr, als sehe sie eine Gestalt durch die Nebel zwischen den Bäumen ziehen. Sie hatte große weiße Flügel und schien ihr zu zurufen: „Werdet glücklich ihr beiden."

Steinschlag

Es war bei Atkins-Hope, einer verlassenen Gegend irgendwo in den Rocky Mountains. Ich hatte mich in einer kleinen Herberge eingemietet und wollte zu einer Bergtour aufbrechen. Das Wetter schien durchzuhalten und so lief ich los. Doch es kam alles anders, als ich es mir vorstellte. Plötzlich und ohne eine Vorwarnung überraschte mich ein fürchterlicher Schneesturm. Ich konnte mich kaum auf den Beinen halten und es wurde immer eisiger. Zwar hätte ich wissen müssen, dass es hier oben ständig starke Wetterwechsel gab. Doch die Neugierde und der Drang nach dem Unbekannten trieben mich immer weiter voran. Endlich entdeckte ich einen Felsvorsprung und ich legte eine kleine Rast dort ein. Ich wollte mich ausruhen und überlegen, ob ich sicherheitshalber wieder umkehren sollte. Als ich noch einmal nach unten schaute, um zu sehen, wie weit ich schon vorangekommen war, erschrak ich fürchterlich. Etwas weiter unten, zwischen den Felsen lag ein lebloser Mann. Ich konnte zwar nichts Genaues erkennen, doch ich musste zu ihm hinunterklettern, um nachzusehen, ob ich ihm doch noch helfen konnte. Mühsam war der Abstieg, doch als ich an der Stelle ankam, wo ich den Mann hatte liegen sehen, fand ich ihn nicht mehr. Er war verschwunden. Ich konnte mir das nicht erklären. Mehrmals suchte ich das Gelände ab, doch ich fand ihn einfach nicht. Plötzlich jedoch entdeckte ich weiter unten tatsächlich den Fremden wieder. Er lag zwischen Geröll und Felsbrocken und rührte sich nicht. Diesmal schien es etwas näher zu sein und ich konnte bei genauerem Hinsehen schließlich sein Gesicht erkennen. Ich erschrak, dieser Mann, der dort lag, war ich! Mir lief ein eiskalter Schauer über den Rücken. Wie konnte so etwas möglich sein? Hatte ich jetzt schon Halluzinationen? Oder ähnelte er mir nur? Noch einmal schaute ich hinunter. Doch es gab keinen Zweifel! Das Gesicht, sogar die Kleidung, der Rucksack, hundertprozentig lag mein Ebenbild dort unten! Das Gesicht des Mannes war blutverschmiert und ich glaubte noch immer an eine Wahnvorstellung. Sollte tatsächlich die Luft hier oben so dünn sein, dass mir meine Sinne einen üblen Streich spielten? Ich beschloss, sofort nach Atkins-Hope zurück zu kehren. Vielleicht war ich krank und dies waren bereits die ersten Anzeichen darauf. Ich packte meinen Rucksack und kletterte den steilen Hang hinab. Nach einer halben Stunde kam ich vollkommen erschöpft in Atkins-Hope an. Dort stand mein Wagen, und ich legte meine Kleidung und meinen Rucksack in den Kofferraum. Plötzlich krachte und knallte es über mir im Berg. Das Vibrieren erreichte nun auch meinen Parkplatz. Die heftigen Erschütterungen lösten einen Steinschlag aus. Ich stieg in den Wagen und fuhr eilig davon. Doch ich hatte bei meinem überstürzten Aufbruch meine kleine Tasche mit der Geldbörse verloren. Ein Umkehren allerdings war nicht mehr möglich. Glücklicherweise unbeschadet erreichte ich die Straße, die zu meiner Herberge führte. Von dort aus konnte ich beobachten, was oben in den Bergen geschah. Vermutlich ein Erdbeben hatte eine riesige Geröllawine ausgelöst, die nun mit lautem Getöse ins Tal hinunterstürzte. Wäre ich dort oben geblieben, wäre ich mit großer Sicherheit nicht mehr am Leben. Ich konnte mein Glück kaum fassen. Als ich weiter ins Tal fuhr, sah ich erneut eine Person, die vor dem Wagen lief. Die Person drehte sich um und ich konnte nicht glauben, was ich da sah. Ich selbst lief da auf der Straße nach unten! Das Ebenbild winkte mir fröhlich zu und ich hielt sofort den Wagen an. Ich wollte dem Spuk auf den Grund gehen. Doch als ich aus dem Wagen stieg, um nach meinem vermeintlichen Ebenbild zu schauen, war das nicht mehr da. Ich suchte die ganze Straße ab, doch nirgends konnte ich jemanden entdecken. Nachdenklich stieg ich in meinen Wagen zurück. Und mir war klar, dass mich irgendetwas vor diesem schrecklichen Unglück in den Bergen bewahrt hatte. Als ich in meiner Herberge ankam, sah ich erneut diese rätselhafte Person, die mir glich wie mein Spiegelbild. Die unheimliche Person stand an der Rezeption und unterhielt sich wohl gerade mit dem Angestellten. Ich lief auf den Tresen zu, doch die Person schien es eilig zu haben und rannte davon. Nervös fragte ich den Angestellten, wer dieser fremde Mann sei. Doch der Angestellte schaute mich verständnislos an und glaubte wohl, ich wollte ihn veralbern. Lachend meinte er: „Wollen Sie mich verschaukeln? Sie haben doch selbst hier gestanden und ihre Rechnung bezahlt. Na, jedenfalls danke ich Ihnen sehr und wünsche Ihnen eine gute Heimfahrt."

Das seltsame Schloss

Majestätisch lag das Schloss inmitten des einsamen Bergsees. Es sah beinahe so aus, als ob es auf dem Wasser schwamm. Die Inhaberin des Schlosses hatte bisher noch niemand gesehen. Man munkelte, es sei eine alte Gräfin, die in jenem Schlosse residierte. Wie sie hieß wusste keiner. Man wusste nur, dass sich die Gräfin jeglichen Besuch verbat. Warum das so war, konnte sich niemand erklären. Aber das zumindest mit dem See irgendetwas nicht stimmte, war allen klar. Seltsame Dinge gingen dort vor sich. Immer wieder verschwanden Leute, die heimlich und bei Nacht zum Schloss schwammen. Von diesen merkwürdigen Dingen bekam eines Tages auch ein findiger Journalist Wind. Mark, so sein Name, versuchte vergeblich, die Gräfin telefonisch zu erreichen. Stets meldete sich eine Stimme, die mitteilte, dass die Gräfin nicht erreichbar sei. Mark erkundigte sich in einem winzigen Dorf, unweit des Sees, ob man etwas über die Gräfin wusste. Doch dort zeigte man sich sehr bedeckt, wollte nicht über das Schloss und auch nicht über den See sprechen. Nur, dass sich keiner mehr in den See traute, erzählte man ihm hinter vorgehaltener Hand. Außerdem könnte man manchmal ein kleines Boot beobachten, dass bei Nacht und Nebel zum Festland übersetzte. Dort wartete bereits eine schwarze Limousine, und eine schwarz gekleidete Gestalt stieg ein und brauste davon. Mark blieb nichts weiter übrig, als sich selbst zum See zu begeben und abzuwarten. Er packte seine Sachen zusammen und fuhr mit einem kleinen Zelt im Kofferraum in die Berge zu dem malerisch gelegenen See. In einem dichten Waldstück baute er das Zelt auf und richtete sich für ein paar Tage dort ein. Schon in der ersten Nacht zog er um den See. Vom steinigen Ufer aus beobachtete er das kleine Schloss. Es schien schon sehr alt zu sein, denn es sah verfallen aus und grau. Mark fand eine kleine Bucht, von wo aus er das Schloss sehr gut sehen konnte. Er setzte sich auf eine mitgebrachte Decke und schaute unentwegt auf den See hinaus. Gegen Mitternacht wurde es so kalt, dass er sich die Decke umwarf und ein paar Schritte hin und her lief. Dabei rutschte er aus und sein Fotoapparat fiel in den See. Weil das Wasser an dieser Stelle sehr flach war, wollte er den Apparat wieder herausholen. Da beobachtete er mit Schaudern, wie das Wasser heftig zu sprudeln begann. Es zischte und brodelte, dann war vom Fotoapparat nichts mehr zu sehen. Er hatte sich einfach aufgelöst. Mark wich einen großen Schritt vom Ufer zurück. Wie konnte das nur sein? Warum löste sich der Fotoapparat im Wasser auf? War das überhaupt Wasser? Er entschloss sich, eine Probe zu entnehmen und diese in einem Institut untersuchen zu lassen. Schnell kramte er eine mitgebrachte Glasampulle aus seinem Rucksack, zog sich Gummihandschuhe über und legte die Ampulle ins flache Wasser. Als sie mit dem Wasser des Sees gefüllt war, zog er sie wieder heraus und verschloss sie. Schließlich verstaute er sie in seinem Rucksack. Bevor er das Schloss genauer untersuchte, musste er erst einmal wissen, was es mit dem Wasser des Sees auf sich hatte. Noch in der Nacht fuhr er zu einem befreundeten Physiker. Der versprach ihm, die Analyse umgehend vorzunehmen. Am nächsten Tag erfuhr er, dass es sich bei dem Wasser des Sees um Salzsäure handelte. Mark wusste nicht, was er dazu sagen sollte. Wie kam diese Säure in den See? Und warum konnte das Boot, welches man beobachtet hatte, unbeschadet den See überqueren? Mark wusste nicht, was er tun sollte. Er fuhr zurück zum See und überlegte. Vielleicht konnte er ja mit einem Fluggerät zum Schloss hinübergelangen. Aber wie sollte er im Schloss landen? Trotz aller Vorbehalte wollte er es dennoch wagen. Mit seinem Journalistenkollegen Bernd, der nebenbei Ballonfahrten anbot, wollte er zum Schloss hinüberfahren. In der folgenden Nacht war es soweit. Bernd und Mark starteten von einer großen Wiese beim Ufer in Richtung des Schlosses. Alles funktionierte wunderbar und der Ballon ging lautlos auf einem Turm des Schlosses nieder. Bernd band den Ballon an einem Wetterhahn fest. Dann schlichen die beiden durch eine offene Tür in das Innere des Schlosses. Doch es war ganz seltsam, das Schloss schien verlassen. Nirgendwo trafen sie auf eine Menschenseele. Überall lagen nur Schutt und heruntergefallene Mauerreste herum. Das gesamte Schloss war in einem bemitleidenswerten Zustand. Offenbar hatte sich schon seit vielen Jahren keiner mehr um irgendetwas gekümmert. Lebte überhaupt jemand hier? Und wo befand sich die Gräfin? Gab es überhaupt diese ominöse Gräfin? Lange brauchten die beiden nicht, um das gesamte Schloss zu durchqueren. Sie fanden auch nicht den kleinsten Hinweis auf einen Bewohner oder gar die Gräfin. Gerade wollten die beiden wieder auf den Turm, um mit ihrem Ballon zum Ufer zurück zu fahren, da entdeckte Bernd eine Holztür. Sie war nur angelehnt und die beiden schritten hindurch. Über eine schmale Wendeltreppe gelangten sie nach unten. Vor einer weiteren Tür mit schmiedeeisernen Beschlägen endete sie. Mark hatte seine Taschenlampe eingeschaltet und leuchtete den kleinen, muffig riechenden Vorraum aus. Zwischen dutzenden zerbrochenen Ziegelsteinen lag ein Schlüssel. Mark hob ihn auf und steckte ihn ins Schloss. Er passte und nachdem er aufgeschlossen hatte, öffnete sich die Tür wie von selbst. Was die beiden dann sahen, ließ sie erschaudern. In der Mitte des halbdunklen Raumes stand ein steinerner Sockel. Darauf lag der Kopf einer alten Frau. Unzählige Zuleitungen führten von dem Kopf zur Wand, wo sie schließlich verschwanden. Die beiden versteckten sich hinter einer breiten Säule. Hinter ihnen fiel die Tür ins Schloss und erzeugte ein klackendes Geräusch. Die beiden hielten den Atem an, doch keiner schien sie bemerkt zu haben. Wie versteinert standen die beiden hinter der Säule und starrten auf den Kopf. Plötzlich wechselte das Licht und im gesamten Raum breitete sich ein magisches grünes Licht aus. Aus den Wänden entstiegen zwei Gestalten. Sie sahen zwar aus wie Menschen, schienen jedoch keine zu sein. Sie hatten keine Beine, schwebten wie Geister durch den Raum. Vor dem Kopf blieben sie stehen. Nach einer kleinen Weile begann sich der Kopf zu bewegen. Und eine monotone Stimme ertönte. Sie war nicht laut aber gut hörbar. „Die Forschungen werden heute abgeschlossen. Für die Rekonstruktion wird noch ein Menschenkörper benötigt. Es muss sofort begonnen werden, denn es wurde soeben eine Person im See erkannt, die sich langsam dem Schloss nähert." Die beiden Gestalten flogen zurück zur Wand und verschwanden alsbald darin. Erneut veränderte sich das Licht, wurde rosarot und der Kopf lag wieder regungslos auf dem merkwürdigen Sockel. Sprachlos starrten Mark und Bernd auf das unfassbare Geschehen. Was meinte der Kopf mit der Rekonstruktion? Wollte er etwa einen neuen Körper? Und wer schwamm da im Wasser? War das überhaupt möglich, in der Salzsäure schwimmen? Die beiden wussten nicht, was sie davon halten sollten. Vorsichtig schlichen sie sich aus dem Raum und schlossen die Tür hinter sich zu. Nachdenklich setzten sie sich auf die Stufen und schwiegen. Was ging hier vor? Sollten sie die Polizei holen? Sie beschlossen, zunächst mit dem Ballon zum Ufer zurück zu fahren. Auf leisen Sohlen schlichen sie die Wendeltreppe hinauf auf den Turm. Dort kletterten sie in die Gondel, Bernd band den Ballon los und sie stiegen in den dunklen Nachthimmel hinauf. Von oben bemerkten sie eine Person, die im Wasser schwamm. Das konnte doch gar nicht sein. Befand sich dort unten nicht Salzsäure? Seltsam. Plötzlich begann das Wasser zu sprudeln und zu schäumen. Als sich die Wasseroberfläche wieder geglättet hatte, konnten sie den Schwimmer nirgends mehr finden. Vermutlich war er ertrunken. Auf der kleinen Wiese, nahe dem Ufer landeten sie und banden den Ballon an einem Baumstamm fest. Sie waren sich sicher, dass hier furchtbare Dinge vorgingen. Konnte die Salzsäure vielleicht gezielt eingesetzt werden, um unliebsame Besucher fernzuhalten? Welchen Sinn sollte sonst das Ganze haben? Und was hatte es mit dem grausigen Kopf auf dem steinernen Sockel auf sich? Wer waren diese beiden Gestalten, die in der Wand verschwanden? Alles nur Einbildung oder wirklich wahr? Was hatte das alles zu bedeuten? Es begann zu dämmern und die beiden entschlossen sich, doch die Polizei zu benachrichtigen. Mehrere Einsatzwagen der Polizei umstellten den Bergsee. Als das Wasser untersucht wurde, konnte man keinen Hinweis auf irgendeine Säure finden. Beim Sturm des Schlosses wurde ebenfalls nichts Außergewöhnliches gefunden. Auch in dem Kellerraum, in welchem Mark und Bernd den Kopf auf dem Steinsockel liegen sahen, fanden die Einsatzkräfte der Polizei nichts dergleichen vor. Der Raum war leer. Nur am Ufer, dort, wo die beiden mit ihrem Ballon gelandet waren, liefen drei unbekannte Personen, zwei Männer und eine alte Frau. Als die Polizisten die Personen anhielten und sie zum Schloss befragten, stotterten die drei nur herum. Sie konnten nicht festgenommen werden, doch einem der Polizisten fiel ein blutdurchtränkter Verband auf, welcher um den Hals der alten Frau gewickelt war.

Taxifahrt

Earl war Student und gern unterwegs. Er fuhr von einer großen Stadt in die nächste. Auf diese Weise wollte er die Welt ein bisschen kennen lernen. Diesmal führte ihn seine Reise nach Tokio. Der nette Taxifahrer, der sehr europäisch aussah, war ein lustiger Zeitgenosse. Immerzu hatte er einen flotten Spruch auf den Lippen. Er fragte Earl, wohin er ihn bringen sollte. Earl meinte, er möge ihm doch einige besonders interessante Sehenswürdigkeiten zeigen. Der Taxifahrer wunderte sich nicht über den merkwürdigen Wunsch. Er hatte schon so viele ungewöhnliche Leute kennen gelernt, dass er Earl ohne weitere Nachfragen quer durch die ganze Stadt fuhr. Dabei erzählte er ihm einen Witz nach dem anderen. Ja, es war eine lustige und sehr interessante Fahrt durch diese eindrucksvolle riesige Stadt. In einem Straßentunnel streikte plötzlich der Motor. Er klapperte und knallte und hörte sich gar nicht gut an. Der Taxifahrer fuhr an den Straßenrand und hielt an. In dem Tunnel war kaum Verkehr, sodass der Fahrer in aller Ruhe nach dem Fehler suchen konnte. Irgendwann schien er ihn tatsächlich gefunden zu haben und meinte, dass jetzt alles wieder funktionierte. Er setzte sich ins Fahrzeug zurück und wollte gerade losfahren, als plötzlich ein bewaffneter Mann die Tür aufriss. Er brüllte den Fahrer an, er sollte ihm die Tageseinnahmen aushändigen und sich ganz ruhig verhalten. Mit der vorgehaltenen Waffe bekräftigte er sein Vorhaben und fuchtelte wild damit in der Luft herum. In aller Seelenruhe griff der Fahrer nach unten. Er sagte, dass er die Börse in einem Geheimfach unter dem Armaturenbrett aufbewahrte und sie nun herausholen müsste. Der Räuber schien sich damit zufrieden zu geben. Doch der Fahrer holte keineswegs die Börse hervor. Vielmehr hielt er plötzlich einen Pfefferspray in der Hand und sprühte augenblicklich dem überraschten Räuber eine gehörige Ladung des ätzenden Nebels in die Augen. Vor Schmerz ließ der Räuber die Waffe fallen und griff sich an die Augen. Dabei schrie er entsetzlich und laut. Der Fahrer schien nur auf diesen Moment gewartet zu haben. Er schloss die Tür, drückte aufs Gaspedal und raste davon. Unterwegs atmeten beide erleichtert tief durch und Earl fragte den Fahrer, ob er immer solche Überraschungen für seine Fahrgäste parat habe. Der lachte nur und meinte, dass so etwas schon einmal vorkommen könnte. Dabei setzte er sich lachend eine rosarote, seltsam geformte Sonnenbrille auf die Nase, die auf beiden Bügeln die dicke Aufschrift: „JimmyX" trug. Als Earl seine Tour durch Tokio beendet hatte, ließ er sich zum Hotel bringen und beide verabschiedeten sich herzlich. Die Jahre vergingen und Earl hatte eine eigene Firma gegründet. Zunächst liefen die Geschäfte wunderbar, doch plötzlich wurden die Aufträge weniger und Earl nahm schließlich kaum noch Geld ein. Er musste Konkurs anmelden. Die Firma kam unter den Hammer und Earl musste sich sein Geld mit Taxifahrten aufbessern, um über die Runden zu kommen. Trotz der Pleite verlor er seinen Humor nicht. Er war ein munterer Taxifahrer, der für seine Kunden immer einen flotten Spruch auf Lager hatte. Eines Tages hatte er einen sehr alten Fahrgast, der die Stadt kennen lernen wollte. Earl sollte ihm alles zeigen, was interessant und sehenswert sei. So fuhr Earl durch die ganze Stadt und hatte wirklich sehr viel zu erzählen. An einem Stadtpark streikte plötzlich der betagte Wagen und ruckelte gerade so an den Straßengraben, bevor er endgültig seinen Geist aufgab. Earl vertröstete seinen Fahrgast und meinte, dass er den Fehler sicher schnell finden würde. Und so war es dann auch. Er fand den Fehler und nach kurzer Zeit war der Wagen wieder einsetzbar. Earl setzte sich in den Wagen und wollte losfahren. Da riss plötzlich ein bewaffneter Mann mit einem Ruck die Tür auf. „Geld raus oder ich drück ab", schrie er wie am Spieß. Der Fahrgast war derart erschrocken, dass er sich voller Angst in die Polster presste. Aber auch Earl blieb der gerade begonnene witzige Spruch im Halse stecken. Er wollte dem Räuber die Börse geben, da erinnerte er sich. Wie ein Déjà-vu – Erlebnis lief sein damaliges Erlebnis in Tokio vor seinen Augen ab. Damals hatte der Taxifahrer unter dem Armaturenbrett seines Wagens einen Pfefferspray angebracht, mit welchem er diverse Angriffe abwehren konnte. Earl überlegte nicht lange, griff instinktiv unter das Armaturenbrett. Dabei sagte er mit verstellt ängstlicher Stimme, dass er die Börse sicherheitshalber immer dort deponieren würde. Der Räuber schien ihm zu glauben und Earl tastete unter dem Armaturenbrett nach dem Spray. Zunächst fand er nichts, dachte schon, er müsse wohl oder übel die doch Börse herausgeben. Aber plötzlich spürte er in den Fingern einen kühlen metallenen Gegenstand. Er zog ihn hervor und hielt den Pfefferspray in den Händen. Ohne lange zu überlegen sprühte er dem Räuber eine ordentliche Salve in die Augen. Dann startete er den Wagen, der sofort reagierte und brauste mit aufheulendem Motor davon. Der Fahrgast, der das alles miterlebt hatte, lachte in sich hinein. Dann bat er Earl, vor einem Einkaufsladen anzuhalten. Er wollte aussteigen, um etwas einzukaufen. Vermutlich aber war ihm die Reise doch ein wenig zu aufregend geworden. Als der Fahrgast ausgestiegen war, wollte Earl ihn noch fragen, ob er ihn an diesem Ort wieder abholen sollte. Doch als er aus dem Taxi stieg, um ihn danach zu fragen, war der nirgends mehr zu sehen. Earl setzte sich in den Wagen zurück und wollte losfahren. Da sah er auf dem Rücksitz, wo eben noch der Alte gesessen hatte, einen Gegenstand liegen. Den musste der Alte wohl vergessen haben. Es war ein Brillenetui und als Earl es öffnete, wusste er, wer neben ihm gesessen hatte. Im Etui lag eine rosarote, seltsam geformte Sonnenbrille mit der Aufschrift: „JimmyX"

Im Bann

Majestätisch ruhte der Planet in der Dunkelheit des unermesslichen Universums. Nachdenklich schob Steve das Teleskop ein wenig zur Seite. Er wusste nicht so recht, ob er weiter hindurchsehen sollte oder lieber zum Abendessen eine Etage tiefer gehen mochte. Anne, seine Ehefrau hatte Spiegeleier mit Schinken gemacht und freute sich schon darauf, das Neueste aus dem Weltall zu hören. Leider verspätete sich Steve ein wenig und trapste langsam die enge Wendeltreppe nach unten. Ihm war schlecht und er spürte, dass irgendetwas anders war als sonst. Ein wenig schwindelig war ihm ja immer, aber diesmal? Anne hatte sich wirklich große Mühe gegeben, wenngleich sie sich Sorgen machte, als ihr Mann so lustlos und taumelig zu dem liebevoll gedeckten Tisch torkelte. Doch als er ein leichtes Lächeln in sein Gesicht zimmerte und sich behäbig wie immer auf seinen Metallstuhl fallen ließ, wich ihre Besorgnis einer gewissen Erleichterung. Steve erzählte von der dichten Atmosphäre und von seinem Wunsch, vielleicht irgendwann einmal auf die Oberfläche seines geliebten Planeten Venus zu blicken. Anne verstand das zwar nicht so recht, doch sie lauschte scheinbar interessiert den spannenden Ausführungen ihres Mannes. Plötzlich jedoch versiegte die Unterhaltung. Steve schien abwesend und starrte wie gebannt auf die Empore, von welcher er gerade herabgestiegen war, wo sich auch sein Beobachtungsraum mit dem kleinen Teleskop befand. Anne erschrak, und als Steve wirr herum faselte, Worte benutzte, die er eigentlich gar nicht kannte, stockte ihr beinahe das Blut in den Adern. Sie wusste, was das bedeutete, denn schon einmal hatte sie das alles durchgemacht, Steve hatte einen Schlaganfall! Hastig wählte sie die Telefonnummer des Notdienstes. Doch die Zeit verstrich und jede Sekunde wurde zur Ewigkeit. Würde die Zeit noch reichen, würde ihr Mann auch dieses Mal überleben?

Steve hatte von alledem nichts bemerkt. Er wusste, dass er eben noch am Tisch saß, wo ihm seine geliebte Anne das Abendessen aufgetischt hatte. Aber es war alles so komisch, so anders, so seltsam. Um ihn herum war es hell, sehr hell und es wurde immer heller. Schließlich war es derart grell, dass er seine Augen zusammenkneifen musste, um überhaupt etwas zu erkennen. Was war das nur? Das Licht um ihn herum schien sich zu bewegen, zu flimmern. Und plötzlich erkannte er, was es war, es war ein hell leuchtender bunter Lichtball, in dessen Innerem er sich befand. Doch er saß nicht einfach so auf seinem Stuhl, nein, er schwebte, und um ihn herum pulsierte in gleichmäßigem Rhythmus das gleißend helle Licht. Auf einmal blendete ihn das sich ständig verändernde Leuchten nicht mehr. Es schien angenehmen und wohltuend zu sein. Und das Schönste daran war, dass er sein eigenes Gewicht nicht mehr spürte. Schwerelos trieb er im Zentrum der Lichtkugel dahin und ihm war, als würden auch seine Gedanken ganz langsam zum Stillstand kommen. Wie viel Zeit bereits vergangen sein mochte, wusste er nicht. Waren es Sekunden, Minuten, Stunden? Die Lichtkugel wurde plötzlich transparent. Steve erschrak, denn alles um ihn herum wurde dunkel, ja sogar pechschwarz! Was ging hier nur vor? War er vielleicht tot, und keiner hatte es bemerkt? Als er so um sich schaute, erschrak er fürchterlich. Aus der Angst einflößenden Dunkelheit tauchte bedrohlich eine gelbliche Kugel auf. Sie wuchs, wurde größer und größer und formte sich zu einem riesigen Planeten. Steve erkannte die riesige Kugel sofort – es war der Planet, den er eben noch in seinem Teleskop beobachtet hatte, es war die Venus! Aber wie kam er nur hierher? Bildete er sich das Ganze vielleicht nur ein, lag er im Fiebertraum, irgendwo zwischen Leben und Tod? Fassungslos starrte er auf die gelbe Kugel und schloss seine Augen. Vielleicht war es auf diese Weise leichter, einfach nur zu sterben? Als er seine Augen wieder öffnete, befand er sich zwischen schroffen, flirrenden Felsen. Die Lichtkugel um ihn herum schien wohl wieder etwas dichter geworden zu sein. Die Felsen fluktuierten in allen Farben und waren mal gelblich und dann wieder weiß, vermischten sich mit dem Nebel der Kugelhülle. Geblendet schaute Steve nach unten und erschrak erneut – unter ihm öffnete sich der Boden und gab den Blick in einen unendlich tief erscheinenden Spalt frei. Seine Lichtkugel schien genau in dieses Loch hinein zu fallen. Er wollte rufen, wollte schreien, doch er konnte es nicht. Seine Stimme schien ihm zu versagen und die Kugel fiel und fiel. Ein monotones Rauschen ertönte, formte sich zu einem seltsamen Zischen. Es hörte sich schließlich an, als würde jemand neben ihm sein und tuscheln. Steve wollte seinen Kopf drehen, wollte sehen, wer oder was da neben ihm war. Doch auch das gelang ihm nicht. Er schien starr in dieser unheimlichen Lichtkugel in ein noch unheimlicheres Loch zu fallen. Während des Falls wechselte andauernd die Farbe der Kugel. Mal wurde sie blau, dann grün, dann wieder rot. Und dieser Wechsel vollzog sich scheinbar immer schneller. Doch das war noch nicht alles. Aus der Tiefe tauchten magische Zeichen auf, die sich immer wieder neu formierten, um sofort wieder in sich zusammen zu fallen. Steve starrte fassungslos auf die Zeichen, die ungefähr seine Größe haben mochten und riss seine Augen weit auf. Die Zeichen schienen um ihn herum zu wirbeln, bevor sie verschwanden, tasteten ihn dabei wohl in Windeseile ab. Dann ertönte wieder dieses leise Tuscheln. Er wollte etwas sagen, doch er konnte es ja nicht. Und immer tiefer ging sein Fall. Da tauchte plötzlich ein sonderbares Gebilde unter ihm auf. Es sah aus wie ein Fischernetz, tanzte wie ein Vogel um ihn herum und hüllte ihn schließlich ganz in sich ein. Als er das Netz betrachten wollte, konnte er es nicht mehr – denn so schnell, wie es sich an seinen Leib schmiegte, drang es auch schon in ihn ein. Eine Flüssigkeit, die in Tropfenform um ihn herumwirbelte, umschloss ihn sanft und schien ebenfalls in seine leblos wirkende Haut einzudringen. Dann wieder dieses Tuscheln. Und während der ganzen Zeit drehte sich die Lichtkugel um ihn wie ein Tornado, der sich jede Sekunde auf ihn stürzen würde. Doch nichts geschah und Steve fühlte sich noch immer leicht wie eine Feder. Nicht einmal nachdenken konnte er über seine merkwürdige Lage. Nichts an- und in ihm schien noch zu funktionieren. Oder funktionierte doch noch alles? Da, an der verwirbelten Hülle der Lichtkugel erschien sein eigenes Spiegelbild. Doch es war ganz anders, als er es kannte. Er schien viel jünger, hatte nicht eine Falte in dem mittlerweile 68-jährigen Antlitz. Und sein ewig fahles Gesicht erschien schlank und rosig und voller Leben. Wie war das nur möglich? Eine sanfte würzige Brise fächelte um seine Nase. Sie war so ungeheuer angenehm, dass er verzückt seine Augen schloss und ganz langsam dahindämmerte. Seltsame Gestalten tauchten neben ihm auf. Sie veränderten ständig ihre Form, sahen manchmal aus wie Krebse, dann wieder wie übergroße Seesterne und schließlich ähnelten sie schlanken Silhouetten, die auf drei lange Stelzen, die wurzelgleich an der Innenseite der Lichtkugel hafteten, um ihn herum waberten. Dann verschwanden auch sie und Steve schlief tief und fest.

Waren Tage vergangen oder gar Wochen, Steve wusste es nicht so genau. Vorsichtig öffnete er seine Augen. Seine Augenlider schienen schwer und klebten offenbar ein wenig zusammen. Doch als er die Augen endlich öffnen konnte, blendete ihn erneut ein grelles Licht. Sollte er die Augen vielleicht doch besser wieder schließen? Da vernahm er eine leise Stimme – waren das die seltsamen Gestalten, die eben noch um ihn herum schwebten? Doch wo waren sie geblieben? Um ihn herum war einfach nur grelles weißes Licht! Es war ein menschliches Gesicht, welches lächelnd aber auch besorgt vor ihm auftauchte. Steve konnte sein Glück gar nicht fassen – ein menschliches Gesicht, wie froh war er, ein solches endlich sehen zu können. Als dann das vermeintliche Gesicht auch noch zu sprechen anhob, schoss das lang vermisste Leben wie ein Pfeil zurück in seinen Körper. Es schien, als wollte es seinen gesamten Leib erfassen, und er spürte, wie sich das Blut in allen Regionen seines gerade noch ziemlich gefühllosen Leibes breitmachte. Es war ein wundervolles Gefühl, und es war das, was er schon so sehr vermisst hatte – es war sein eigenes Bewusstsein! Immer mehr Gesichter tauchten vor ihm auf, und zu den Gesichtern formten sich nun auch die dazugehörigen Körper. Steve fühlte sich wunderbar und immer schneller kehrte er in die Wirklichkeit zurück. Schließlich begriff er, wo er sich befand! Er lag in einem Krankenhausbett und um ihn herum standen Ärzte und Schwestern. Sie alle zogen erstaunte Gesichter und einer der Ärzte erkundigte sich nach Steves Befinden. Steve verstand die Frage nicht so recht, meinte stotternd, dass es ihm großartig ginge. Und dann, zwischen all den Ärzten und Schwestern, erschien plötzlich das so sehr vermisste Gesicht einer Frau in den besten Jahren auf. Es war seine Frau Anne, die mit leicht zitternden Händen sein jugendliches Gesicht berührte. Auch sie fragte nach seinem Befinden und holte schließlich einen großen runden Spiegel hervor, den sie mit unsicherer Hand vor seine Nase hielt. Steve glaubte zunächst, eine fremde Person da vor sich zu erblicken, denn der Mann da vor ihm schien nicht 68 Jahre zu sein und auch nicht übergewichtig so wie er. Der Mann da vor ihm war gerademal Dreißig und hatte ein schlankes, wohlgeformtes Gesicht. Steve wusste nicht, was er zu alledem sagen sollte, ihm wurde alles zu viel und er schloss erschöpft seine Augen. Eine Woche später konnte er vollkommen gesund aus dem Krankenhaus entlassen werden. Er hatte eigentlich einen schweren Schlaganfall beim Abendessen erlitten. Doch als Anne den Notarzt rief, fiel plötzlich das Licht im gesamten Hause aus. Auch das Telefon funktionierte nicht mehr und Anne rechnete bereits mit dem Schlimmsten. Als der Strom wieder da war, lag auf dem Fußboden vor der vollkommen aufgelösten Ehefrau ein junger dreißigjähriger Mann, der wohl ihr einst etwas übergewichtiger Ehemann Steve gewesen sein mochte. Im Krankenhaus stellte man fest, dass Steve ein Venen- und Nervennetz wie ein Kind besaß und seine Zellen eine dramatische Verjüngungskur erfahren hatten. Keiner der Ärzte konnte sich das erklären und man bescheinigte Steve, dass er wohl niemals mehr einen Schlaganfall erleiden würde. Seine Zellen waren von einer Stabilität, wie sie bisher nirgendwo festgestellt werden konnte. Steve war natürlich überglücklich über dieses augenscheinliche Wunder. Doch war es wirklich ein Wunder?

Als er eines Abends wieder bei seiner Lieblingsbeschäftigung war, die Venus durch sein großes Teleskop beobachtete, fiel ihm eine sonderbare, bunt vor sich hin pulsierende Lichtkugel auf, die sich schnell von der Atmosphäre der Venus löste und schließlich in der Dunkelheit des Universums verschwand!

Märchenauto

Rod lebte irgendwo am Rande der riesigen Stadt Los Angeles. Eigentlich war er ja KFZ-Schlosser von Beruf, doch als die Firma, in der er arbeitete, aufgeben musste, verlor auch er seinen Job! Das Geld wurde knapp und mit Mitte Vierzig ließ sich einfach keine neue Arbeit mehr finden. Selbst die winzige Wohnung in einem heruntergekommenen Mietshaus konnte er nicht mehr bezahlen. Immer öfter erschien der geldgierige Vermieter, um die fällige Miete zu kassieren, doch Rod besaß keinen einzigen Cent mehr! So zog er sich mit seinen Träumen zurück, packte eine Reisetasche mit den notwendigsten Dingen zusammen und verließ bei Nacht und Nebel seine Bleibe. Gerademal sein alter verrosteter Geländewagen, der ihm seit vielen Jahren treue Dienste geleistet hatte, war ihm noch geblieben. Mit ihm durchquerte er ganz Los Angeles und bot überall seine Arbeitskraft an. Doch es schien wie verhext, niemand wollte, oder konnte ihm einen Job geben. Als er schließlich im legendären Hollywood eintraf, brach die Nacht wie ein böses Omen über ihn herein. Er war sehr müde geworden und wollte sich ein ruhiges Plätzchen suchen, um nach der anstrengenden Suche endlich auszuruhen. Da ruckelte und quietschte plötzlich der Wagen, wie er noch nie zuvor gequietscht hatte und blieb unvermittelt, und ohne das Rod die Bremse betätig hatte, vor einem alten verfallenen Haus stehen. Nun schien also auch noch das Letzte, was er sich bewahrt hatte, dahin! Doch da vernahm er eine leise Stimme. Sie schien mit ihm zu sprechen, denn sie nannte seinen Namen! Wie konnte das nur möglich sein? Hatte er jetzt schon Halluzinationen oder hatte ihm die lange vergebliche Suche nach einem Arbeitsplatz die noch verbliebenen Sinne vernebelt? Vorsichtig stieg er aus dem Wagen und schaute sich misstrauisch um. Wollte ihm am Ende jemand einen Streich spielen, weil er ein solch altes Auto fuhr, oder lag das am Ende daran, dass er in Hollywood war und irgendein Märchenfilm abgedreht wurde? Als er jedoch in die dunkle sternenklare Nacht hineinstarrte und die kühle Nachtluft in sich einsaugte, wurde ihm klar, dass nichts von dem, was er sich da zusammenunkte, wahr sein konnte. Nachdenklich ließ er sich auf die kleine Wiese vor dem alten Haus fallen und lehnte sich an einen kräftigen Baum. Mit Tränen in den Augen beobachtete er den glitzernden Sternenhimmel und schlief schließlich ein. Ein seltsamer Traum begann, worin es taghell war und er in einem weißen sportlichen Anzug mit blütenweißem Hemd schwungvoll in einen noch viel weißeren rasanten Wagen einstieg. Noch einmal schaute er hin – ja, es war tatsächlich ein nagelneuer Geländewagen! Und er selbst war ein erfolgreicher Schriftsteller, der über seine Stadt und über sein erlebnisreiches Leben schrieb. Ach ja, stöhnte er so vor sich hin, wenn das doch nur wahr werden könnte!

Als er seine Augen wieder öffnete, war der Traum vorüber und das erste Sonnenlicht eines neuen Tages breitete sich geheimnisvoll um ihn herum aus. Ein wenig schlaftrunken erhob er sich und wollte in seinen Wagen einsteigen, doch was war das? Das Auto war nicht mehr da! Wie von Sinnen lief Rod die Straße auf und ab, doch so sehr er auch suchte, er fand seinen Geländewagen einfach nicht mehr. Nun hatte man ihm also auch noch sein so lieb gewonnenes Auto, seinen treuen Weggefährten gestohlen! Vollkommen verzweifelt und erneut den Tränen nahe setzte er sich auf den kalten Bordstein und wusste weder ein noch aus. Da kam eine alte, schwarz gekleidete Frau des Weges und blieb unvermittelt vor ihm stehen. „Na, warum weinst du denn? Geht es dir nicht gut? Wie kann ich dir helfen", fragte sie mit zittriger Stimme. Rod starrte zu der Alten auf und wusste gar nicht, was er ihr antworten sollte. Natürlich ging es ihm nicht gut und natürlich brauchte er Hilfe! Zumindest brauchte er erst einmal seinen Geländewagen zurück! Die Alte wartete Rods Antwort gar nicht erst ab, beugte sich zu ihm herab und zischte dann: „Das hier ist ein altes Kinotheater. Ich lebe hier seit langer Zeit. Wenn du mir hilfst, mir meine schwere Tasche ins Theater bringst, dann wirst du dein Auto zurückbekommen. Es gibt nur eine einzige Bedingung – du musst die Augen schließen, dann wird alles gut!" Rod wusste zwar nicht, wie er das verstehen sollte, tat aber, wie ihm die sonderbare Alte geheißen hatte, und nahm ihr die Tasche ab. Sie war tatsächlich sehr schwer, und er musste schon ziemlich viel Kraft aufwenden, um sie anzuheben. Die Alte nickte noch einmal vielsagend mit ihrem Kopf und verschwand alsbald in dem altehrwürdigen Gebäude. Rod dachte nicht mehr lange nach, immerhin wollte er ja seinen Auto-Schatz zurück! So orientierte er sich kurz, schätzte den Weg bis zur Tür des Hauses ab und schloss seine Augen. Dann lief er los und lief und lief und spürte währenddessen, wie sich die schmalen Stoffhenkel der Tasche schmerzhaft in seine Hände bohrten. Als er glaubte, endlich im Haus angekommen zu sein, stieß er mit dem Kopf heftig gegen etwas Hölzernes! Erschrocken öffnete er seine Augen und bemerkte, dass er noch gar nicht im Haus war. Er stand unmittelbar vor der Eingangstür und war wohl mit dem Kopf gegen sie gestoßen. Schnell wollte er sie öffnen, doch sie schien verschlossen zu sein. Hatte ihn die Alte etwa veralbert? Mehrmals rief er nach ihr, pochte laut gegen die Tür, doch die Alte antwortete nicht; sie schien, wie vom Erdboden verschluckt! Traurig lief Rod zur Straße zurück und wusste nicht, was er tun sollte. Plötzlich jedoch wurde die Tür des verfallenen Kinos aufgerissen und eine junge, chic gekleidete Frau mit einer riesigen Sonnenbrille auf der Nase stürmte heraus, geradewegs auf ihn zu! Rod erschrak sich fürchterlich, stammelte irgendetwas davon, dass er die schwere Tasche einer unbekannten alten Frau bringen sollte. Doch die chic gekleidete Lady hörte gar nicht hin. Schnurstracks sprang sie auf ihn zu und umarmte ihn recht unverhohlen und ziemlich leidenschaftlich. Dann drückte sie ihm einen Blumenstrauß in die Hand und rief einen Mann mit einer großen Kamera zu sich. Rod verstand nun überhaupt nichts mehr! Was ging hier nur vor? Und vor allem, wo war die Alte abgeblieben? Und während er sich noch wunderte, redete die junge Frau, die eine Journalistin zu sein schien, unablässig auf ihn ein, während der wendige Kameramann alles genauestens festzuhalten schien. Laut rief die Journalistin Rods Namen und alsbald blieben die vorübereilenden Passanten stehen und nahmen Notiz von dem verrückten Treiben. Kein Zweifel, hier wurde ganz bestimmt ein neuer Hollywoodstreifen gedreht! Rod war sich absolut sicher, aber was hatte dieser ganze Rummel mit *Ihm* zu tun? Er wollte doch nur helfen und dafür vielleicht seinen alten Geländewagen zurückbekommen! Die vermeintliche Journalistin allerdings ließ ihn gar nicht zu Worte kommen und meinte, dass sie nur auf ihn gewartet habe. Und dann sprach sie lautstark in die Kamera, dass sie den völlig zurückgezogen lebenden Schriftsteller Rod endlich gefunden habe. Der total überrumpelte, unfreiwillige Gast seiner eigenen Show wusste noch immer nicht, was all das zu bedeuten hatte, hielt nervös und ein wenig ängstlich die Tasche fest, welche er der merkwürdigen alten Frau bringen wollte. Doch da sprang das kleine Schloss der Tasche auf und gab den Blick in das Innere frei.

Rod erschrak, denn darin waren Dutzende Bücher mit bunten Covern, und auf all diesen bunten Covern lachte ihm ein wohlbekanntes Gesicht entgegen - sein eigenes! Rod wusste nicht mehr, wie ihm geschah! Nervös kramte er ein Buch nach dem anderen aus der Tasche und las die abenteuerlichsten Titel auf den bunt bedruckten Buchdeckeln. Und immer war die neugierige Kamera der beiden Journalisten mit dabei. Irgendwann begriff Rod, dass die Alte wohl nicht mehr kommen würde, dass all das möglicherweise ihm selbst gegolten hatte. Und er fand sich eben damit ab, spürte plötzlich wieder Leben in seinem Herzen und einen frischen Hauch auf seiner heißen Stirn. Die Hoffnung keimte langsam, aber beständig in seiner Seele, und schon nach wenigen Minuten fühlte er sich wie neu geboren! War nun sein seltsamer Traum endlich wahr geworden? Da öffnete sich die große breite Garagentür des alten Kinos und Rod traute seinen Augen kaum! Denn das, was da aus der Düsternis hervorrollte, war nicht etwa sein betagter, heiß geliebter Geländewagen. Nein, es war ein nigelnagelneues Auto, das neueste Modell eines kraftvollen Geländekreuzers, ganz in Weiß und mit tiefschwarzen verspiegelten Scheiben! Als Rod ganz vorsichtig die lackglänzende Wagentür öffnete, staunte er nicht schlecht, denn auf den cremefarbenen Ledersitzen lagen all seine Sachen, die er aus seinem alten, Lichtjahre entfernt erscheinenden Leben herübergerettet hatte. Selbst seine Geldbörse war noch da! Prall mit Dollarnoten gefüllt lag sie auf dem Rücksitz und kündete von einer neuen erfolgreichen Zeit! Rod taumelte hin und wieder her und immer mehr Leute versammelten sich um ihn herum. Schon bald hatte sich eine riesige Menschentraube um ihn herum gebildet, und jeder wollte wissen, wer dieser interessante Schriftsteller dort vor dem alten Kinotheater war. Rod genoss den neuen Ruhm, an welchem er eigentlich gar keinen rechten Anteil hatte. Dennoch spürte er, dass es richtig war und gut! Schon bald avancierte er zu einem der gefragtesten Autoren Hollywoods und seine Bücher wurden allesamt verfilmt! Er verdiente so viel Geld, dass er sich davon nahezu jede noch so luxuriöse Ausführung dieser neuen wundervollen kraftstrotzenden Geländewagen kaufen konnte. Doch er wollte nur den einenseinen alten, wieder neu erstrahlten Weggefährten, seinen innig geliebten Auto-Schatz! Ja, dieses Auto liebte er über alles, und nur mit diesem märchenhaften Fahrzeug verbanden sich all die vielen durchlebten Geschichten, die er schließlich allesamt aufschrieb und zu Bestsellern machte. Nie vergaß er seine Herkunft und nie vergaß er all die schweren Zeiten, die er durchmachen musste, um überleben zu können. Und genau deswegen liebten ihn die Menschen, wollten ihn kennenlernen und wollten so sein wie er. Eines Abends saß er noch lange auf der gemütlichen Veranda seines neuen kleinen Häuschens in den Hollywood-Hills und schaute zufrieden auf die funkelnden Lichter seiner wundervollen Stadt.

Da fiel sein schweifender Blick auch auf ein altes Fotoalbum, welches auf einem schmalen Regal gleich neben ihm lag. Nie war ihm dieses Album aufgefallen und er nahm es neugierig in seine Hände. Als er es aufklappte, las er die handschriftlich verzeichneten Worte: *Almanach von Rods Großmutter.* Und als er die Bilder der alten Dame, welche in schwarze Kleider gehüllt war, erblickte, traf ihn beinahe der Schlag! Voller Rührung strich er mit seinen Fingern über die vergilbten Fotos. Denn diese Frau da auf den Bildern sah bestechend einer alten Dame ähnlich, die er erst kürzlich kennengelernt hatte. Es glich einem Wunder, aber es war genau jene alte Frau mit der schweren Tasche, die er einst getroffen hatte! Und noch etwas sehr Interessantes war unter den Fotos zu lesen, und Rod konnte es nicht fassen: *„All meine Geschichten und Romane, die ich selbst nie verlegen lassen konnte, weil mir stets das Geld fehlte, vermache ich meinem Enkel Rod. Er soll großen Erfolg mit ihnen haben! Und wenn er dereinst seinen alten Geländewagen so sehr lieben gelernt hat, dass er ihn nie wieder vermissen mag, dann soll mein Wunsch in Erfüllung gehen, und er soll ein erfolgreicher Autor werden, der mit seinem geliebten Auto, das in neuem edlem weißen Glanze erstrahlen möge, durch Hollywood braust und mit ihm für immer glücklich ist."*

Blizzard

Es war tiefster Winter und die Leute sehnten sich nach dem Frühling. Es war verrückt, aber immer waren die Sehnsüchte anders als die augenblickliche Lage, mit der man fertig werden musste. Vielleicht ließ sich so alles besser ertragen? Ich hatte die Einsamkeit daheim satt und wollte in den winterlichen Wald, der ungefähr eine Autostunde von meinem Haus in den Bergen entfernt war. Draußen hatte ein leichter Wind eingesetzt, was mich allerdings nicht abhielt, in den Wagen zu steigen, um einfach los zu fahren. Ich hatte mich warm angezogen und bemerkte, dass der Wind immer stärker wurde. Das Schneetreiben glich beinahe einem Blizzard und ich hätte eigentlich wieder heimfahren sollen. Doch die Vorstellung, in wenigen Minuten schon durch den Winterwald zu stapfen ließ mich einfach weiterfahren. Das Schneegestöber auf der schneeglatten Straße wurde stärker und stärker. Glücklicherweise erreichte ich unbeschadet den Wald und hielt den Wagen an. Das Pfeifen des Sturmes drang in meinen geheizten Wagen, und ich hatte plötzlich wenig Lust auszusteigen. Ich tat es dennoch, schlug den Kragen meines Wollmantels bis unters Kinn und zog meine Strickmütze tief ins Gesicht. Es hatte zu dämmern begonnen, oder war das der Schneesturm, der die Sonne verdunkelte. Gespenstisch ragte das düstere Bergmassiv hinter dem Wad empor und wollte mir wohl sagen, einfach wieder umzukehren. Ich tat es nicht, schaute nervös auf meine Armbanduhr. Sie schien stehen geblieben zu sein, denn der Sekundenzeiger bewegte sich nicht mehr. Ich weiß heute nicht mehr, was mich dazu bewog, bei diesem gefährlichen Mistwetter dennoch loszulaufen. Vielleicht war es Abenteuerlust, oder einfach nur Irrsinn, keine Ahnung. Ich schloss den Wagen ab und stapfte los. Im Wald war es noch dunkler als an der Stelle, wo ich den Wagen abgestellt hatte. Und obwohl ich den Wald an dieser Stelle genau zu kennen glaubte, verlief ich mich. Ziellos irrte ich durch den tiefen Schnee und wusste einfach nicht mehr, woher ich gekommen war. Wegen der Aufregung und des Herumlaufens fror ich wenigstens nicht, dennoch wollte ich schnellstens wieder zurück. Die Bäume bogen sich knarrend unter der enormen Schneelast, und die Berge konnte ich schon lange nicht mehr erkennen. Immer wieder fielen Äste herab und ich hatte Mühe, ihnen rechtzeitig auszuweichen. Endlich erreichte ich eine kleine Lichtung, aber die wurde von Bäumen eingegrenzt, einen Weg gab es längst nicht mehr. Der Schnee lag hier so hoch, dass ich beinahe darin versank. Plötzlich glaubte ich, zwischen dem heftigen Rauschen der Bäume und dem lauten Surren des Sturmes eine Stimme herauszuhören. Konnte das überhaupt möglich sein? War tatsächlich noch jemand so dumm, durch den Wald zu laufen? Suchend schaute ich mich nach allen Seiten um. Doch durch den meterhoch aufgewirbelten Schnee konnte ich einfach nichts erkennen. Immer wieder wischte ich mir die Brille sauber und schob den Schnee von meinen pulsierenden Wangen. Doch so sehr ich mich auch anstrengte, ich konnte niemanden sehen. Rufen schien wohl zwecklos zu sein, denn das Pfeifen des Blizzards war zu laut, es würde niemand hören. Krachend landete ein dicker Ast vor meinen Füßen und ich bekam schon Angst, nicht mehr heil aus dem Wald zu gelangen. Als ich ein Gebüsch beiseite drückte, traf mich beinahe der Schlag. Vor mir stand ein alter Mann und grinste mich an. Mir war absolut nicht zum Lachen zumute – wie kam dieser Alte nur hierher? Offenbar hatte ich mich nicht geirrt. Die Stimme, die ich eben gehört hatte, musste diesem Greis gehören. Mir fiel auf, dass unterdessen der Schneesturm ein wenig nachgelassen hatte. Wenigstens konnte ich den Alten fragen, wieso er bei diesem Wetter durch den Wald lief. Der Mann schüttelte seinen weißhaarigen Kopf und sagte dann mit zittriger Stimme: „Ach mein Junge, ich wollte wie du ein wenig spazieren gehen, einfach den Kopf frei bekommen, das wollte ich. Allerdings ist es gefährlich, im Dunkeln, und dann auch noch allein hier herumzusteigen." Ich starrte den Alten mit offenem Munde an und wunderte mich sehr, dass er wusste, dass ich einfach nur so in den Wald gekommen war. Schnell fasste ich mich wieder und fragte, wie ich am schnellsten wieder zum Waldrand käme. Der Alte verzog sein Gesicht und grinste wieder so seltsam. Doch es war ganz komisch, obwohl er so unvermittelt vor mir stand, fürchtete ich mich nicht vor ihm. Im Gegenteil, in seiner Gegenwart fühlte ich mich ganz seltsam ruhig und absolut sicher. Ich sagte ihm das nicht, sondern holte tief Luft, so, als ob ich etwas sagen wollte. Der Alte schien mich zu verstehen und meinte dann leise: „Komm, wir gehen ein Stück. Dann wird uns die Zeit nicht so lang und wir finden vielleicht den Weg zurück." Wortlos lief er los und ich folgte ihm, als wäre ich sein Sohn. Brav trat ich in seine Spuren und war selig, ihn getroffen zu haben. Der Schneesturm schien sich verzogen zu haben, aber plötzlich knackte es laut hinter uns. Erschrocken fuhr ich herum, konnte jedoch nichts entdecken, was das Geräusch eventuell verursacht hätte. Dafür erschrak ich erneut, denn die Spuren, die der Alte im Schnee hinterließ, in welche ich schließlich trat, verschwanden wie von Geisterhand verwischt hinter uns. Es war so, als seien wir nie hier gewesen. In diesem Augenblick wusste ich, dass irgendetwas nicht mit rechten Dingen zuzugehen schien. Ich sagte jedoch nichts, trottete schweigend hinter dem Alten her. Die verrücktesten Gedanken schwirrten mir im Kopf herum. Vielleicht war es ja ein Einsiedler, der sich freute, auf seine alten Tage noch etwas Verrücktes erleben zu können. Ich war vielleicht sein gefundenes *Opfer*. Endlich schienen wir am Waldrand angekommen zu sein. Und tatsächlich, zwischen den Bäumen erkannte ich meinen schneebedeckten Wagen. Seltsam, dass der Alte genau wusste, woher ich gekommen war. Ich wollte ihn danach fragen, doch da rief er schon: „Na da hast du aber Glück gehabt, Jungchen. Dein Auto ist noch intakt. Steig schnell ein und fahr heim. Ich werde so lange aufpassen, dass nichts geschieht." Ich war zu erschöpft, um den Alten zu fragen, wie er das gemeint hatte. Ich bedankte mich brav und stieg ins Auto. Beim Abfahren winkte ich ihm noch einmal zu und bemerkte, dass er sich die Augen wischte. Hatte er etwa geweint? Mühelos gelangte ich auf die Straße zurück. Doch plötzlich, als sei es nie anders gewesen, setzte der Blizzard wieder ein. Glücklicherweise war es nicht mehr weit bis nach Hause, und ich schaffte es, ohne Schrammen die stark verschneite Straße heimzufahren. Als ich es mir nach einer richtig angenehmen warmen Dusche so richtig gemütlich auf meinem Sofa machte, um fernzusehen, stutzte ich. Gerade wurde über den Blizzard berichtet, der draußen tobte. Man zeigte den Wald, aus welchem ich soeben gekommen war. Die Moderatorin zog ein düsteres Gesicht als sie sprach: „Ein riesiger Teil des Waldes wurde vor einer Stunde von einer gewaltigen Lawine, die von dem hohen Bergmassiv hinter dem Wald heruntergedonnert war, begraben. Bäume wurden wie Streichhölzer umgeknickt und für Menschen, die sich im Wald befunden hatten, gibt es keine Chance." Entgeistert starrte ich auf den Bildschirm und konnte nicht glauben, was ich da sah. Genau dieses Waldstück, in welchem ich eben noch war, gab es nicht mehr. Wie war das nur möglich? Wusste der Alte vielleicht…?

Tage später, ich hatte das Erlebnis ein wenig verdrängt, war ich bei meiner Mutter in der Stadt. Ich hatte natürlich eine Menge zu erzählen. Besonders das verrückte Erlebnis mit dem Alten und der Lawine musste ich unbedingt loswerden. Mutter tröstete mich und meinte dann beruhigend, dass es schon seinen Sinn hatte, dass der alte Mann zur Stelle war. Und weil es so gemütlich war und ich mein Leben irgendwie ganz neu zu schätzen begann, holte Mutter das alte Fotoalbum aus dem Regal. Stundenlang schauten wir uns die alten Bilder an und erinnerten uns an die Zeit vor vielen, längst vergangenen Jahren. Plötzlich durchzuckte mich ein Blitz! Ein altes, fast schon vergilbtes Foto erzeugte eine Gänsehaut bei mir. War das da auf dem Bild nicht der Alte, der mir im Wald geholfen hatte? Kein Zweifel, die weißen Haare, dieses seltsame Grinsen, er war es! Er stand neben meinem Großvater, als der noch recht jung war, genau vor dem Wald, in welchem ich dieses sonderbare Erlebnis hatte. Nervös erkundigte ich mich bei meiner Mutter, wer dieser alte Mann sei. Mama schaute mich erstaunt an und meinte dann: „Das ist der Bruder deines Großvaters. Er war ein richtig guter Mensch, der hier, ganz in der Nähe lebte. Leider ist er schon seit vielen Jahren tot. Er starb bei einem Blizzard, der eine Lawine ausgelöst hatte, die ihn schließlich unter sich begrub."

LOVEBOAT 144